AF231331

L'enfant chat

Devancer la nuit

Josée dite Nancy, *suivi de* La Mer intérieure

Don Juan des forêts

La Prunelle des yeux

Stella Corfou

Un(e)

Recensement

Vulgaires vies

Une lilliputienne

Moi ou autres

Prénoms

Plus loin mais où

Confidences de Gargouille, *recueillies par Valérie Marin La Meslée*

Guidée par le songe

BÉATRIX BECK

L'enfant chat

roman

Bernard Grasset
Paris

ISBN 978-2-246-34102-4
ISSN 0756-7170

Béatrix Beck / L'enfant chat

Béatrix Beck est née le 30 juillet 1914, en Suisse, à Villars-sur-Ollon, dans un hôtel, durant un voyage de ses parents. Elle n'a pas 2 ans à la mort de son père, l'écrivain belge Christian Beck, ami et correspondant d'André Gide. Elle va vivre dans les Yvelines avec sa mère, Kathleen Spiers, d'origine irlandaise, issue d'une famille fortunée. Malade psychiquement, Kathleen se suicidera en 1936.

A 11 ans, Béatrix Beck publie son premier poème dans un journal, L'Echo de Paris. Après son baccalauréat passé à Saint-Germain-en-Laye, elle descend à Grenoble étudier le droit. Dans la ville de Stendhal, elle s'inscrit aux Jeunesses communistes sur les conseils d'un étudiant de Polytechnique, Naum Szapiro, un Juif aux yeux bleus né en Pologne. Ils se marient en 1936, le jour de Noël de la même année naît leur fille, Bernadette. Mobilisé en 1939, Naum meurt mystérieusement d'un coup de mousqueton en avril 1940. A Grenoble, pendant la guerre, Beck travaille dans une école par correspondance. Elle fréquente aussi un abbé qui inspirera son fameux récit romancé, Léon*

Morin, prêtre. *En 1945, elle est accueillie à Bruxelles par une sœur consanguine, puis dans le Brabant wallon, chez une tante. Elle vit en Angleterre, dans la ferme d'un cousin, quand paraît* Barny, *son premier roman, aux éditions Gallimard en 1948.*

Mère, veuve, et qui plus est sans papiers français (elle est née belge), Beck aura eu, pendant toute cette période, son compte de « gagne-pain misérables »[**] : *ouvrière, femme de ménage, dactylo, modèle. Déclassée dans la vie, outillée dans l'écriture :* « J'ai utilisé ce que j'ai vécu dans mes livres. »[**]

*En 1950, après la parution d'*Une mort irrégulière, *elle devient la secrétaire d'André Gide, jusqu'à la mort de ce dernier en 1951. En 1952, c'est la gloire :* Léon Morin, prêtre, *son troisième roman, obtient le prix Goncourt – il sera adapté au cinéma par Jean-Pierre Melville en 1961, avec Jean-Paul Belmondo et Emmanuelle Riva. Le jour des festivités du Goncourt, elle se lie avec Roger Nimier, qui* « avait la grâce »[**], *et qu'elle évoquera dans son roman* Devancer la nuit *(1980). L'aisance due au Goncourt lui permet d'acquérir un appartement dans le même immeuble que Jean-Paul Sartre à Saint-Germain-des-Près. En 1953, sortent les* Contes à l'enfant né coiffé, *signe d'une connivence vivace avec le fantastique. L'année suivante, son roman wallon,* Des accommodements avec le ciel, *fait le portrait d'une tante bigote. En 1955, grâce aux relations du magicien Nimier, elle obtient enfin la naturalisation française. Cependant les droits du Goncourt s'assèchent, elle doit piger dans les journaux, notamment pour* L'Express. *En 1958, elle rejoint le jury du prix Fémina… pour en démissionner en 1960, après l'attribution du prix à* La porte retombée, *roman de Louise Bellocq, qu'elle juge mauvais et coupable de* « petites choses »[**] *contre les Juifs. Vivotant toujours, elle entre alors comme conseillère littéraire à mi-temps à* La Revue de Paris.

Après une longue période de silence romanesque, elle publie Le Muet *(1963), inspiré de son intermède anglais. En 1966, on l'invite à enseigner à l'Université de Berkeley aux Etats-Unis, elle donnera ensuite des cours à Hollins College en Virginie, puis aux universités Laval et Laurentienne au Canada, partageant ainsi pendant dix ans son temps entre Paris et le continent américain. En France, Gallimard publie* Cou coupé court toujours *en 1967 mais écarte* L'épouvante l'émerveillement, *l'histoire d'une « enfant en devenir »**.*

Chômeuse après la fin de La Revue de Paris, *refusée par son éditeur, attristée par l'échec d'un amour platonique avec une universitaire rencontrée au Québec (voir* Noli, *1978), elle se débat dans les serres d'une dépression. En 1977,* L'épouvante l'émerveillement *paraît au Sagittaire, mais c'est* La Décharge *(1979), portrait d'une adolescente surdouée transcendant la misère par l'écriture, qui fera date. Ce roman, son premier affranchi de l'autobiographie, obtient le prix du livre Inter et la relance. La nouvelle Béatrix Beck sera désormais publiée par les éditions Grasset. Juste après* Josée dite Nancy *(1981), elle livre* La Mer intérieure, *sorte de journal où elle consigne ses rêves, prélude à* La Petite Italie *(2000), journal intérieur dédié cette fois à des rêves éveillés.* Don Juan des forêts *(1983) transpose sa liaison avec un intellectuel royaliste. Suivront* La Prunelle des yeux *(1986),* Stella Corfou *(1988) et* Un(e) *(1989). A la fin des années 80, les honneurs pleuvent : Grand Prix Thyde Monnier de la Société des gens de lettres et prix Prince-Pierre de Monaco pour l'ensemble d'une œuvre, qui va s'enrichir de recueils de nouvelles,* Recensement *(1991),* Vulgaires vies *(1992),* Moi ou autres *(1994),* Prénoms *(1996)***, sans abandonner le roman (*Une Lilliputienne, *1993 ;* Plus loin mais où, *1997). Le Grand Prix de Littérature de l'Académie française la distingue en 1997 pour l'ensemble de son œuvre.*

Dans Confidences de Gargouille *(1998), un témoignage éclairant sa vie, ses lectures et son œuvre, recueilli par Valérie Marin La Meslée, Beck revient sur son style, toujours inventif, insolite, à la fois sec et charnu :* « Du fait qu'elle est très travaillée, mon écriture ne me semble pas particulièrement jeune comme on l'a dit parfois. Elle n'est tendue que vers elle-même, sur le fil du rasoir – éviter d'écrire plat tout en se méfiant des dangers de la préciosité – jusqu'à l'obtention de la qualité. »

Elle se disait : « Stupéfaite d'exister, ne parvient pas à croire à une si dure chance. Sans aucun doute ne se verra pas mourir, qui a jamais vu ça ? »****. *Elle s'éteint le 30 novembre 2008 dans une maison de retraite, à Saint-Clair-sur-Epte, dans le Val-d'Oise.*

Une veuve, sans enfant, professeur à la retraite, habite une maisonnette qui ressemble « à un pain de campagne » *et dont les meubles* « paraissent se souvenir de leurs forêts ». *Un beau jour, elle recueille une petite chatte baptisée Soizic, qui a tout l'air d'*« une pelote mohair poussée par le vent », *et qu'elle va vite considérer comme sa fille… Pourquoi pas ? Chez Béatrix Beck, les bonheurs du style légitiment les audaces de l'imagination, et vice versa. Inventer une histoire, c'est inventer une langue pour la raconter. Dans* L'Enfant chat *nous sont donc contées les tribulations d'une chatte douée de parole, qui s'habille d'une robe* « Directoire-disco » *ou d'un* « jean à quatre poches avec un trou pour la queue », *et se chausse de* « bottillons en peau de lapin ». *L'animal souhaitera, bien sûr, aller à l'école. C'est là que les petits ennuis commenceront, telle présence féline entraînant* « dissipation et réactions diverses ». *Mais tout est bien qui finira bien avec la rencontre d'un* « galant noirâtre » *qui rendra Soizic* « sphérique » *avant qu'elle n'accouche de deux petits qui* « ressemblent à des lettrines ».*

L'enfant chat *porte la griffe Beck : la virtuosité (des images qui partent comme des balles), la fantaisie (cette façon d'invoquer Francis Ponge en parlant de patates), l'art du portrait sur le vif (les villageois et la gamine Wendy), le merveilleux (le car vide* « plein d'enfantômes » *ou ces arbres qui* « naviguent à l'estime » *dans la brume). On songe parfois au fantastique social de Marcel Aymé. On se rappelle aussi la passion de jeunesse de l'auteur pour le surréalisme.*

En donnant sa langue au chat, Béatrix Beck réussi un prodige : à l'impossible, elle s'est tenue.

* *Une dynastie : Bernadette Szapiro était elle-même romancière (La première ligne, Rue mansarde, Une journée qui n'a pas de soir) et la mère de Béatrice Szapiro, elle aussi écrivain, auteur d'un livre (La Fille naturelle) sur son père Jean-Edern Hallier,* et plus *récemment de* Christian Beck. Un curieux personnage (2010), *consacré à son arrière-grand-père.*

** Confidences de Gargouille, *Grasset, 1998.*

*** *Les recueils de nouvelles de Béatrix Beck ont été rassemblés en un volume,* Guidée par le songe, *Grasset, 1998.*

**** Dictionnaire des écrivains contemporains de langue française par eux-mêmes, *sous la direction de Jérôme Garcin, Mille et une nuits, 2004.*

A Béatrice.

La mère Herbe m'a apporté un chaton blotti dans son tablier, vrai patchwork qu'elle tenait relevé à deux mains. Elle a dit : « S'appelle Soizic » en clignant de son œil unique. C'est un cyclope, elle a presque au milieu du front un iris bleuâtre sur lequel retombe à demi une lourde paupière et à côté un globe mort semblable à un œuf poché.

J'ai protesté. N'ayant pas de souris, je ne veux pas de chat. La démarche de cette femme me déconcerte d'autant plus que nous ne nous sommes pas dit trois phrases depuis trois ans que j'ai pris ma retraite ici. Me croisant dans un sentier ou l'autre, elle s'est toujours contentée de grommeler : « Sale temps », qu'il plût ou fît soleil, sur un ton si agressif que j'ai chaque fois eu l'impression que c'était moi qu'elle traitait de sale temps. J'essayais de répondre conformément au rituel, « On va avoir de l'orage » ou « Il nous faudrait un peu d'eau ». Mais la mère H, se refusant à poursuivre l'échange de vues, filait le couteau à la main, le cabas au bras, à la recherche de Dieu sait quoi. La commune secourt cette indigente de façon si discrète que l'intéressée ne semble guère s'en apercevoir. A Noël le conseil municipal lui octroie un panier garni pour éviter de l'inviter au « Déjeuner du troisième âge » (elle doit en être au cinquième). Triste façon de fragmenter la vie, un peu comme la pornographie qui parcellise l'être. Ça rappelle la guerre où les E, J1, J2, J3, A et T avaient droit, suivant leur catégorie, à des distributions particulières : lait à la récréation, pois chiches, œufs fêlés, points textile en cas de décès, allumettes pour les femmes de prisonniers, succédané de café. On était tellement habitués aux ersatz qu'à la Libération les étiquettes spécifièrent laine de mouton, miel d'abeilles, sprats de mer. La joie avait goût de pléonasme.

Autrefois le troisième âge était celui des nourrissons à partir de six mois. Curieux renversement indiquant peut-être une retombée en enfance généralisée.

Le panier est apporté à la mère H par deux jeunesses, chacune destinée à surveiller l'autre, qu'elles n'aient pas la tentation d'opérer un prélèvement sur les victuailles : vin de pays, beurre salé, fromage de tête, crottin de Saint-Aubry, bûche, modèle réduit de la grande au repas des vieux ; chicorée et un sachet de friandises, cochons de réglisse, dominos de chocolat, sabots et jésus de pâte d'amandes.

A tout bout de champ les émissaires posent leur charge et pouffent en se regardant dans les yeux.

Chacune ressent l'autre comme son faire-valoir, cherche à se différencier de sa compagne sans trop la surpasser. Si Mabel met sa tenue de ski, Arielle arbore sa peau retournée (curieuse expression qui évoque un mort-vivant supplicié). Quand Elodie porte son collier d'ambre, des œils-de-chat s'accrochent aux oreilles d'Angélique. Elles laissent le panier sur le seuil, annoncent : « V'là l'épicier ! », claironnent : « Les étrennes, marraine ! » ou détalent sans un mot et s'arrêtent derrière un bouquet d'arbres, à bout de souffle et hilares.

La vieille pousse contre sa porte un billot qui rappelle les décapitations d'avant Guillotin. (Les murs ont des oreilles, les fissures des yeux. Oreilles et yeux ne tiennent pas leur langue au chaud.) Elle réveillonne avec la provende communale, on l'entend chanter « Minuit, crétins ! » jusque sur la place. Tout le monde croit toujours que cette peut-être nonagénaire ne passera pas l'hiver. Au printemps elle s'esclaffe : « Vous ne serez pas si tôt quittes de bibi lolo. » H mange, cuits sous la cendre et extraits de leur coquille avec une épingle de nourrice ôtée à son châle, les escargots de ses pierrailles, même les jaunes ou les roses qui ne sont pas comestibles. Mange les orties de son potager cueillies les mains nues. Mange les mûres de ses ronces qui retiennent quelques fragments de sa garde-robe. Mange les hérissons écrasés nantis par ses soins d'un sarcophage de glaise aux fins de rôtissage. Arrache pour renflouer son grabat les flocons laissés par les moutons aux barbelés électrifiés, le courant ne lui fait rien.

J'ai essayé de repousser la repoussante : les lobes de ses oreilles frôlent ses épaules, je n'exagère pas, ses narines jouxtent sa bouche, son menton prend appui sur sa poitrine. La mitoyenneté de ses traits est affreuse, les distances ne sont pas respectées. Son animal à peine plus grand qu'une souris gardait les yeux clos, comme collés. La mère H a disparu, me laissant dans la main un petit être blanc comme un linge, d'un noir sinistre et d'un roux violent. J'ai voulu rattraper la donatrice mais au lieu de continuer ma rue de la Libération et de tourner dans le chemin du Guet pour regagner sa bicoque du bout du bois, ne voilà-t-il pas qu'elle traverse la place de la Victoire au pas de charge (elle doit chausser du quarante-deux), s'enfourne dans l'église, on aura tout vu. La maison du Seigneur est presque toujours bouclée, animée seulement de loin en loin par un prêtre évanescent qui passe d'une commune à l'autre comme le furet du jeu. Les jours de fêtes carillonnées, le son des cloches se mêle aux coups de fusil des chasseurs.

Une pie, petite pythie, traverse le chemin : une pie malheur, deux pies bonheur, trois pies mariage, quatre pies baptême, cinq pies enterrement – d'où il s'ensuit que mariage, naissance et mort ne sont ni bonheur ni malheur, ces deux derniers restant mysté-rieux, indéfinissables.

Ma bestiole couine sans arrêt. Certainement la

mauvaise H l'a séparée trop tôt de sa mère. Et pourquoi avoir cligné de l'œil en m'informant que cette
créature s'appelait Soizic ? Choix tout à fait déplacé,
nous ne sommes pas en Bretagne. Puisque cette chatonne m'était destinée, il m'appartenait de la nommer. Recourir au calendrier pour les animaux risque
de choquer leurs homonymes humains, enfin peu
importe, au lieu d'épiloguer, sortons la bouteille de
lait du réfrigérateur et versons-en un peu dans une
soucoupe posée par terre en face de S qui a ouvert les
yeux, deux têtes d'épingles azur, mais ne sait pas
boire, la soucoupe l'effraie, elle trouve le moyen de
faire le gros dos malgré sa taille infime. Hérisson
angora. Piaille comme un nid d'oisillons. Il faut
improviser un biberon, sacrifier un de mes bons gants
de caoutchouc, état neuf, en coupant le petit doigt,
perforé ensuite de plusieurs trous d'aiguille. Je verse
le lait dans un flacon préalablement vidé dans un
verre de son eau dentifrice et rincé. Avec quelques
tiraillements l'auriculaire percé s'adapte au goulot.
On doit faire les choses convenablement ou pas du
tout, c'est ce que je disais aux élèves qui me remettaient un devoir bâclé : plutôt rien que cette ineptie.

S, couchée sur le dos dans ma paume gauche, tète
de façon inespérée, même assez attendrissante. Elle
veut absolument vivre et puis tout d'un coup s'endort.
Ouf. Il faut reconnaître qu'elle est mignonne : un
chardon soyeux. Je la pose sur mon oreiller où elle
forme un rond parfait qui se soulève régulièrement.

Elle n'a plus ni queue ni tête. Sa respiration, profonde pour un être si minuscule, est synchrone au tic-tac de la pendule qui, malgré l'âge, lui ressemble par sa forme, son air naïf et ses trois couleurs, encadrement de cuivre rouge, cadran blanc et chiffres noirs.

Le lendemain matin le facteur descend de sa voiturette jaune protégée comme lui par l'hirondelle totem qui ressemble plutôt à une oie sauvage. Au guichet de la poste, la préposée ne porte pas l'uniforme à l'effigie de Procné mais, sur le col de sa blouse, à chaque coin, un croissant de lune entouré de fleurs. En revanche, derrière elle, quatre boîtes superposées s'ornent d'un oiseau bleu de plus en plus petit, ou de plus en plus grand si le regard va de haut en bas ; image des deux infinis.

Par mimétisme avec le courrier, le potager qui jouxte le bureau a l'air d'une page d'écriture : le A du portillon, les O des choux, les I des poireaux, le E et le T de l'échelle et du râteau appuyés contre le mur, le U du sac de jute accroché à un clou, le K de l'arrosoir, l'Y du cerisier, le Q du chat assis entre les salades, le H de la balançoire pour Nathan et pour Daisy Lenclume, le X de l'épouvantail crucifié sur une croix de Saint-André.

Rodolphe Lahure me remet une carte criarde de Colin Prieux, porteuse des « meilleures souvenirs d'un voyage super ». Pas certain que mon ancien élève l'ait fait exprès. Lahure, s'efforçant d'afficher un masque PTT, décemment neutre (il se retient de sourire), m'informe qu'on a trouvé morte la mère H, dans son enclos, face contre terre. Peut-être, se sentant proche de la fin, a-t-elle voulu assurer l'avenir de S, s'il est permis d'employer des termes si solennels pour une petite bête. Mais pourquoi l'avoir confiée à moi qui ne suis même pas du pays ? En effet, ex-professeur de lettres au collège Germain-Nouveau à Etcheparry, c'est par le plus grand des hasards, en excursionnant avec des amis, que j'ai trouvé dans ce village une maisonnette à ma convenance. Elle ressemble à un pain de campagne et les meubles ici paraissent se souvenir de leurs forêts. On s'attend à ce que la table et l'armoire produisent des glands, la commode des faines, le buffet des merises, les chaises des pommes de pin, et la chaise berceuse devant le feu des châtaignes. Leur disparate traduit l'histoire familiale : le chêne vient de mes parents, le pin de mes beaux-parents, le merisier de Cyrille et moi, le hêtre du menuisier et le châtaignier de la foire aux puces.

Mon gîte est entouré d'un jardin arboré ceint d'une haie vive. Heureuse comme Jean-Jacques aux Charmettes, suis pour moi-même une Mme de Warens. Avoir résisté à l'envie de mourir donne le droit d'aimer la vie. J'ai passé l'âge d'être triste, où l'on croit ne pas faire partie de l'univers. L'expérience change les soupirs en respirations.

Derrière la maison, un cerisier aigre contre le mur. Entre le carré de pommes de terre et les Michelet à longue cosse, deux pruniers un peu à la va-comme-je-te-pousse. Au fond, un poirier bergamote Espéren. En cordon du côté de la sente Maudrin, trois pommiers reinette clochard. Près de la route des Nèfles, un robuste cognassier. Vieux arbres en jeunes fleurs, bouquets pour les noces d'une géante. Je ne suis pas sans travail avec tous ces personnages et leurs productions, c'est ainsi que je les ressens. Même les humains me donnent souvent l'impression d'arbres à l'envers, branches maîtresses appuyées par terre, racines agitées par le vent.

Ici les matins donnent l'impression d'être vraiment des commencements. Le soleil se lève dans le cognassier et se couche chez les Dupont, de l'autre côté de la sente. D'un peu loin les feuilles de leur arbre (ils n'en ont qu'un), presque argentées, ressemblent à des fleurs (ils n'en ont pas, ce sont des résidents secondaires qui viennent rarement et ne saluent personne. La haie où niche leur compteur EDF est si broussailleuse que le releveur doit utiliser une machette). Le cogna lance son soleil dont l'apparition ressemble à un phénomène d'aéronautique. Le disque parfait d'un rouge uniforme a l'air d'un artefact, beau par son invraisemblance; j'aime assister à son assomption.

Qu'est-ce que le hasard qui m'a fixée en ce coin perdu ? Mon collègue Noël Eustache, professeur de latin, disait : « Je ne crois pas à ce dieu-là. »

*

Ils ont bâclé le cercueil de la mère H qui mesure 1,55 m de long, ce n'est plus de haut. Je suis nettement plus grande, je fais 1,58 m. On prétend qu'en vieillissant nous prenons les dimensions de notre bière, formule complaisamment macabre pour dire que nous rapetissons. De toute manière je veux être incinérée comme mon cher époux. Les dalles telles que serait la mienne, offrant aux regards une inscription sans intérêt – Olga Bredaine, avec deux dates réunies ou séparées par un tiret représentant ma vie –, font penser à des hommes-sandwichs couchés sous leur pancarte vantant un produit périmé.

Pourquoi parle-t-on toujours de quatre planches ? Même en allant au plus juste il en faut six, un parallélépipède est un parallélépipède, je regrette. Pour les nains, à la rigueur, un cube ? Non. Les deux petites planches ne sont pas négligeables puisqu'elles voisinent avec tête et pieds.

Le village fait preuve dans le domaine mortuaire d'une remarquable économie de moyens : le portail d'une remise derrière la mairie porte en capitales noires :

Colette avait raison de comparer l'accolade à une bouche, mais celle-ci est gargantuesque, faite pour avaler corps et flammes.

La route des Nèfles qui longe mon jardin se hisse jusqu'au cimetière où les croix dépassent, prêtes à faire le mur. Autour paissent des vaches blanches et noires, toutes différentes comme des taches d'encre pour test de Rorschach subi par les trépassés. Elles sont vingt-cinq et accomplissent ensemble aux mêmes heures le même circuit, dans le sens inverse des aiguilles d'une montre. De temps en temps trois garçons brandissant des drapeaux rouges et un petit chien qu'ils appellent Teddy les convoient dans un autre pré, plus bas, séparé de l'herbage Tizant par une borne où sont gravées les trois lettres d'un mot merveilleux : EAU.

Teddy – que les enfants vachers incitent à rameuter les bêtes, leur mordre les jambes, les lâcher, précéder la troupe, prendre les ennemies de côté, marcher le dernier – hurle, puis soudain s'étonne de s'être tu. Ou c'est un homme au volant d'une GS gris d'argent qui les pousse au train ; un autre à bicyclette précède le troupeau, que flanque une jeune fille en culotte d'équitation, bottée de cuir fauve, ses cheveux couleur de foin flottant sur les épaules. Les mères des adolescents semblent sortir d'une autre époque, avec leurs sarraus à fleurettes, les vagues figées de leur coiffure ; Richelieu, Molière, Charles IX, Salomé se hâtent par les chemins pour acheter du sel, rendre un canevas, jeter une lettre à la boîte, voir si les volets de la Quintefeuille sont ouverts.

Armée d'une branche, l'élégante vachère l'agite en criant d'une voix de contralto :

— Putes, salopes, enculées !

Parfois une rebelle quitte le chemin, s'en va dans un champ d'où elle lance des œillades veloutées, ou un groupe se rue à l'assaut de la cabine téléphonique, prise sans doute pour un abreuvoir. Alors l'automobiliste stoppe et se précipite à leur poursuite.

— C'est des étrangers, dit M. Passerin.

— Etrangers ?

— Etrangers à la commune. Avant, ils étaient sur les Landes Bertouin.

Maintenant ils exploitent la ferme Bolduc, entre le cimetière et moi. Certaines tombes entourées d'une grille ressemblent à des lits-cages. D'autres sont retournées à l'état sauvage, si l'on peut dire : plus de noms, plus de regrets éternels, palimpsestes prêts pour d'autres mots. Des herbes dites folles ou mauvaises ont remplacé les fleurs. De-ci de-là une inscription attire le regard : « Ludivine, Euphrasie, Aimée et Désiré Glèbe », « A notre sœur pour ses rameaux », « Au clairon Landumet Paul la Fanfare Regina Caeli Klaxon », « Le Réveil de Beaufles à son chef tambour ». Qui faut-il réveiller ?

Dans le pré du fond, plus jaune que vert, fleuri de pissenlits, les moutons, quand ils sont couchés, semblent eux-mêmes des pierres tombales. Les traits rouges ou violets dont quelques-uns sont marqués évoquent des épitaphes en morse.

Il n'était pas question de sortir le corbillard pour la misérable H ni d'appeler le curé. « Ça n'avait pas le respect de soi-même, alors fla-flas macache. » La mère Herbe devait au contraire se respecter énormément, d'où son indifférence au qu'en-dira-t-on. Tout se sait. M. Panteloup, conseiller municipal, proposa de transporter le corps en tracteur. Tollé : « On n'est pas des ploucs. » Après un vif échange de vues où l'on finit toutefois par reconnaître qu'il n'y avait dans la salle ni cloche ni cochon, conclusion : « Qu'elle se démerde. » Effectivement, la défunte a réussi à gagner sa dernière demeure par ses propres moyens. Sans que personne ait levé le petit doigt, la voilà bel et bien enterrée, quoique dans le coin des pots cassés. Qui aurait cru que l'étrange précepte évangélique « Laissez les morts enterrer les morts » puisse être ainsi suivi à la lettre ?

La tombe H ressemble aux petits jardins que se font les enfants dans celui de leurs parents. On a planté quelques primevères jaune pâle, mauves, lie-de-vin et des mains pieuses (les miennes) ont entouré la parcelle d'arceaux d'osier. Aucune inscription, personne ne sachant le vrai nom de la mère Herbe, ni ses date et lieu de naissance. « Elle a une fosse commune pour elle toute seule », dit avec bonhomie M. Passerin. Cette femme a réalisé la quadrature du cercle.

*

Pour Soizic mes pieds sont des aimants qu'elle suit partout, à chaque pas j'ai peur de l'écraser. C'est une pelote mohair poussée par le vent. A ses yeux je ne suis pas une totalité et elle a peut-être raison. Ne vient pas à côté de moi mais de mon coude. Dort pelotonnée contre ma tête. Adore être avec moi même quand, levée, je n'y suis plus. Aime beaucoup aussi être ailleurs. Aime beaucoup être. Cette nuit j'ai rêvé qu'elle m'appelait grand-mère, de sa toute petite voix de jouet mécanique. Hélas, je ne saurais être grand-mère, n'ayant pas été mère. Je fus mariée huit jours au meilleur des hommes, excellent professeur de maths dont je m'attendais à ce qu'un jour il découvre un théorème. Le théorème de Bredaine, j'en ai même rêvé, deux droites qui se coupaient dans le ciel en un point où $+ \infty$ et $- \infty$ se rejoignaient.

Un accident de voiture mit fin à ma vie conjugale et me laissa la gueule quelque peu de travers. Je repris conscience à la clinique pour descendre à petits pas dans un abîme. Cyrille, indemne, allait arriver d'un moment à l'autre. Légèrement blessé, il serait sur pied dans quelques jours. Patience, il y avait certaines complications. Sans gravité. Bientôt c'était moi qui irais le voir. Ce qu'il avait exactement ? Heu.

On plaint les morts d'être morts, compassion stupide puisqu'ils ne peuvent se regretter mais le chagrin est une taupe qui creuse de plus en plus profondément.

Pendant nos fiançailles (enfin...), quand Cyrille

s'étendait sur le lit, je me hâtais de fermer les contrevents, comme pour un oiseau lancé chez moi par la tempête et qui eût risqué de s'envoler. Maintenant je porte à l'annulaire deux alliances comme un hermaphrodite par soi-même épousé. Ma vie m'a fait l'effet d'un cheval vicieux que je suis pourtant parvenue à maîtriser. Cheval de cirque, peut-être.

Taupe, cheval, oiseau : est-ce la présence de S qui me fait emprunter mes comparaisons au zoo ? Avec efforts elle grimpe sur le Divan à la Haute Muraille, en s'accrochant à la cretonne où les griffures se multiplient. Fait de l'alpinisme parmi les coussins, soudain a la nostalgie du sol mais ne peut tout de même pas faire un saut si vertigineux. En est réduite à se laisser tomber. Atterrit en catastrophe, accomplit à son rondelet corps défendant culbute et glissade. Du regard et de la voix exige d'être remontée à l'instant dans les montagnes, où elle se met à dormir de tout son cœur, avec application et sagesse.

Mes élèves furent mes enfants, parfois d'un niveau mental au-dessous de la moyenne mais des pointes de génie peuvent se manifester chez les esprits les plus obtus, champignons sur des détritus. Ainsi Luc Montjouvain, qui disait de l'art : « C'est pas utile », remarqua, dans *la Chanson de Roland*, au sujet de Ganelon : « Il fallait bien un traître, pour sauver l'honneur. » Point de vue dont la guerre de 40 montrait déjà la justesse : les Français, au moment de la débâcle, n'admettaient pas l'idée de n'avoir pas été trahis.

Arnaud Leduc, qui s'imaginait que la géographie physique était une sorte de pornographie, ayant à rédiger « Un souvenir d'enfance », remit une feuille presque blanche, porteuse seulement des nombres 31, 69, 22. Malgré l'obscénité du 69, j'aurais voulu mettre 18 à ce drame éclair, mais priai seulement l'intrépide de se trouver un autre souvenir.

Je collectionnais les perles de culture. Dans une contraction de texte, en cinquième, Marielle Bozumat finit une phrase en bas de page et plaça le point à la page suivante. « Je n'avais plus la place », dit-elle entre deux clameurs de joie de la salle. A mon objection qu'un point n'a pas de surface, elle répliqua : « Ceux de la géométrie non, mais les vrais si. » D'une façon générale, mes élèves ressentaient les études comme le royaume de la fiction. A ma question sur ce qu'il entendait par « les vraies gens », Thomas, en quatrième (son nom de famille m'échappe), répondit d'un ton ferme : « Ceux qui ne sont pas dans les livres. »

Dans une dictée, Sophie Marillier écrivit : « J'ai fait de grands voyages avec ma tante sur le dos. » A nos ricanements, au gros de la troupe et à moi, Sophie opposa non sans pertinence « le pieux Enée qui se balade tout le temps avec son père Anchise sur le dos, alors... ». Cette pénible façon de coltiner son géniteur a d'ailleurs un sens diablement symbolique, à rapprocher du Vieillard de la Mer s'agrippant aux épaules de Sindbad le Marin.

Je consentis à faire circuler mon bêtisier, intitulé *la Mauvaise Langue* et relié de ratine rouge. Il s'ensuivit que Patrick Dauze, qui avait déclaré après avoir assisté à une représentation du *Misanthrope* : « Le seul plaisir, au théâtre, c'est d'être bien assis », se tapa sur les cuisses en lisant la première phrase d'une dissertation de Bénédicte Planchet : « Bernard l'Ermite aurait voulu que les melons poussent sur les chênes. » Les capacités agglutinantes de certains esprits méritent une sorte d'admiration. Le confusionnisme est la synthèse des sous-doués. Quant à Marlène Petitbois, qu'on entendit un jour déclarer : « Les Noirs sont quand même que des nègres, même si on a décolonisé », elle dit entre haut et bas : « On n'a pas le droit d'être aussi bête » quand Manon Trouchier se plaignit : « *L'Ecume des jours*, c'est mal, on devrait pas nous faire lire des livres trop intéressants. » Indigence de vocabulaire plutôt que débilité mentale ?

*

Peut-être la Soizic de mon rêve n'a-t-elle pas dit « grand-mère » mais grammaire. J'ai beaucoup aimé cette prétendue logique des enfants qui est en fait une délicieuse absurdité, un pot-pourri de règles folles, un comble de poésie. Comment ne pas savourer le plus-que-parfait, qui se situe au-delà de la perfection alors que nous sommes tous tellement en deçà, bien que ceux de Montségur se soient cru parfaits ? Chercher l'âne Ornicar, apprivoiser poux et hiboux, remonter les joujoux, caresser les genoux, déguster les choux, sans parler des orgues et délices de nos amours, c'est cela la grammaire. Il rit, il pleut. Plaisants idiotismes de notre hexagone. Temps qu'il fait et temps des verbes. Sortir par tous les temps, présent, passé, futur. Je m'extasie de savoir le français comme si ce n'était pas ma langue maternelle, paternelle, fraternelle, sororale, conviviale. Il serait d'ailleurs excellent de forger un espéranto qui adopterait de chaque idiome le meilleur. Par exemple nos boutons-d'or et papillons ne seraient plus qualifiés par les Anglo-Saxons de coupes et mouches à beurre. En revanche, volubilis et soucis deviendraient pour nous comme pour eux des gloires du matin et des marie-d'or.

J'ai le cœur grammatical et me sens en ce domaine, malgré l'âge, Alice au pays des vraies merveilles. Celle de Carroll, qui se noie dans ses larmes, rencontre une reine avide de décapitations, assiste à un thé de malades mentaux et subit des métamorphoses monstrueuses, explore plutôt le pays des horreurs, d'où l'universel et durable succès de l'œuvre ; elle reflète le côté noir et enfantin de la condition humaine.

*

S s'installe sur mes genoux comme si c'était pour toute la vie. Me lèche la main puis se met à la mordiller pour corser nos rapports. Dent si dure et four-rure si douce. Griffe délicatement. Prend mon nez entre ses pattes et le frotte ; sans doute faut-il consi-dérer ce geste comme une faveur et une étude. Pro-teste si je commets l'impair de me lever. Précédée de son regard me guide, surmontée de ses oreilles m'ac-compagne, flanquée de ses moustaches me devance, suivie de sa queue s'accroche à mon balai, sorcière enfant qui me change en sorcière adjointe. Avec elle les objets perdent leur destination utilitaire, devien-nent transcendants. Accomplit chaque acte toute affaire cessante. L'absence de suite dans les idées est un des éléments de sa beauté.

Obligée de marcher sur le carrelage mouillé, avec le balai-brosse je traîne derrière moi la serpillière comme un fugitif qui effacerait ses traces dans la neige, mais S s'assied sur l'étoupe humide pour se faire promener. Ne rater aucune occasion de divertis-sement. Ses devises : Rien sans moi. Moi partout.

Quand j'ouvre une porte – celle de la rue, du jar-din, de l'armoire ou du cellier –, considère que je la lui ouvre et se précipite.

Perchée sur le bord de la baignoire, laisse tremper sa queue dans l'eau à la façon d'Ysengrin berné par Goupil ; semble ne pas s'en apercevoir. Tombe. Aus-sitôt se met à baratter, fait penser au « C'est loin, l'Amérique ? » du petit immigrant à qui son père répond : « Nage. » Je la repêche dare-dare. De la lan-gue elle se buvarde avec amour. A peine sec le nourrisson volant, le poupon cascadeur escalade à nouveau le dangereux atoll.

Grimpe jusqu'en haut de l'escabeau où elle pose comme une chèvre de bohémiens.

Goinfre, gloutonne, goulue, angelot vorace. Flaire les aliments avec méfiance et dédain puis les dévore et en réclame encore. Passionnée par tout ce qui est comestible : parcelles de melon, rondelles de banane, fragments de pomme de terre, tout y passe. A une prédilection pour le camembert qu'elle mâchonne comme du chewing-gum. Si j'ai le malheur de manger quoi que ce soit sans lui en offrir, la bambine ouvre une gueule-de-loup rouge et profonde munie d'étamines acérées. De ce calice de fleur jaillissent des vociférations. La mignonne ferme les yeux pour crier plus fort. Elle hurle aussi de fureur quand on est resté longtemps sans la câliner. Elle est à croquer, formule évoquant notre passé anthropophage.

Rotonde minuscule sur le seuil. Grosse chatte en réduction. S'endort sur l'appui de la fenêtre où elle ressemble à un petit pot de fleurs. Aime s'immobiliser pour toujours à l'extrême bord des choses, rives de l'illimité.

Le trot d'un cheval dans le chemin l'éveille. Non, c'est un enfant aux lourdes bottes. Un escargot, cargo de lenteur au sillage d'écume, l'inquiète, elle m'interroge du regard, de la voix je la rassure. Elle avance une patte vers la coquille grise et son transporteur cornu, mais la retire prudemment sans avoir touché.

On entend le bruit doux et persévérant des vaches qui paissent dans le pré d'à côté ; l'herbe jeune et verte doit être juteuse, délicieuse. Leurs meuglements ressemblent à des proverbes. Broutent comme elles tricoteraient, une maille, une bouchée. Chacune est flanquée de son clone, mère et enfant café-au-lait, enfants et mères bruns, les blancs et les noirs entourant leurs génitrices noires et blanches.

S batifole d'un air mélancolique, fait mille siestes, a l'air d'une mappemonde, d'une planète. Cette nuit me suis étonnée de respirer à côté de moi-même. C'était elle, sur l'oreiller.

Chacun de ses éveils est une aurore, une résurrection. Repart à zéro, rejoue, pousse, repousse un bouchon, avance de profil, écrevisse guerrière, judoka, ceinture noire, envoie l'adversaire rouler sous le buffet. Nouveau-né galopant en voyage toutes les cinq minutes. Epuisée par ses aventures, tète le sommeil avec gourmandise.

Le teckel Flip Graindoux ose passer par la sente Maudrin. S outrée double de volume, devient hyperangora et s'avance sus à l'ennemi qui poursuit son petit chien de chemin apparemment sans même voir la furie.

Ma princesse se refusant à prendre ses repas par terre, de ses quenottes aiguës transporte ses aliments sur la table à côté de mon assiette. Il a fallu installer cette bête avec décorum, empiler tous les annuaires sur une chaise à côté de la mienne, sa soucoupe presque contre mon assiette. A ce régime elle grandit à vue d'œil, antiphrase car mes yeux ne peuvent suivre cette croissance éclair qui me rappelle la cueillette des champignons dans les prés quand j'étais enfant, à Mourcreux. En revenant sur nos pas au bout d'une heure, de nouveaux chapeaux couleur de craie tranchaient sur le vert de l'herbe. J'espérais toujours surprendre leur surgissement. On aurait dit des rondelles découpées dans son cahier vierge par un Poucet buissonnier.

S lève les yeux, rejette la tête en arrière pour contempler les glaïeuls, ces baobabs. S'amuse follement avec un pétale tombé. Gifle les boutons-d'or. Essaie d'attraper une abeille qui butine les orties en fleur dans le chemin et dont le bourdonnement semble la voix même de l'été. L'air sent la sérénité.

Un lapin – échappé de quel clapier ? – surgit dans le jardin, goûte notre gazon, y revient. S médusée le dévore des yeux, mordille l'herbe quand il en mange, comme on trinquerait ou communierait. Le visiteur, très à l'aise, s'approche de son admiratrice et, prodige, touche de son nez le nez de celle-ci, à la façon des peuples dits primitifs. Epouvantée par ce baiser, la petite s'enfuit, se réfugie dans la maison, sous le lit. Moïse disait à Dieu : « Détourne de moi ta gloire, Seigneur, afin que je ne meure pas. »

Le lapin reste en plan. De ses grands et gros yeux, longs, ovoïdes, d'un brun foncé opaque, il regarde la porte par où l'autre a disparu.

Un couple d'oiseaux à la gorge rosée, à la longue queue presque noire, broute l'herbe voracement, comme des veaux. Ils égrènent les graminées, dépiautent les pissenlits avec précipitation, se gobergent, les brins dépassent de leur bec, la moitié tombe. Tout l'être de S converge vers eux, en une tension passionnée. Ne peut se passer d'eux, se priver de leurs corps. Leur chair entre ses dents !

Ils s'envolent vers la forêt. S aplatie gémit, chevauche un prunier pour se consoler, être plus près du ciel et de ses hôtes. Quand ils chantent, la convoitise fait claquer ses mâchoires. Ne réussit pas à se faire une raison.

Une hirondelle s'est à demi enfoncée dans la gouttière, y aurait-elle son nid ? D'en bas seule apparaît la partie inférieure de son corps, presque sinistre : les deux pointes de ses ailes évoquent les antennes d'un insecte venimeux, mais S ne s'y trompe pas, lançant vers la merveilleuse des cris de désir. Cette squatter risque d'abîmer ma gouttière mais il ne faut pas songer à l'en déloger. *Persona grata*, porte-bonheur, intouchable. L'araignée au message changeant – du matin, chagrin ; du soir, espoir – ne bénéficie pas de la même protection, on l'écrase à toute heure.

S disparaît. Ne réapparaît pas. Introuvable. Du fond du jardin parviennent des appels au secours. Absalonne, ma fille Absalonne est accrochée à l'églantier de la haie, si loin de la terre, de la liberté. Pend dérisoirement, les quatre pattes dans le vide, petit chiffon criard. Se laisse délivrer avec confiance. Les épines ont gardé de belles touffes polychromes.

Pour remettre l'imprudente de ses émotions, je l'emmène dans la grange où la bêche rouge, tête en haut, a l'air de quelqu'un. A côté, le râteau à tant la dent (il en compte douze, nombre si sacré – heures, mois, apôtres – qu'il a gagné jusqu'au commerce. On s'étonne de n'avoir habituellement que dix doigts, il est vrai que nos douze paires de côtes et nerfs crâniens sont une compensation). Le prix du manche, comme celui des serpents et des sentiers, fut fonction de sa longueur. Ainsi l'achat de cet instrument nécessita deux multiplications et une addition, sur calculatrice naturellement. Pendue au mur de torchis, « une hache de dame ». Celle de Jeanne Hachette devait peser davantage.

S s'abrite du soleil sous la rhubarbe aux oreilles d'éléphant. Fait de son mieux pour son moi. On est bien, étirons-nous pour l'être encore davantage. Le mieux est l'ennemi du bien, certes, mais il est l'ami du mieux.

Un tracteur passe, piloté par une femme, fait rarissime sauf chez les carmélites. Les voitures, elles, sont conduites au moins autant par le deuxième sexe que par le premier. A côté de la femme une vieille, recroquevillée, qui donne au cheminement un air funèbre. Parfois, au volant d'un tracteur, un enfant, toujours un garçon ; les filles ne sont jamais que des passagères, souvent riant de joie.

L'épicier dit, en me remettant un bon point (il en faut cinq pour un ouvre-boîtes, dix pour un tire-bouchon, vingt pour un casse-noix, quatre-vingts pour un casse-tête tridimensionnel, quatre-vingt-dix pour un coffret touché-coulé, cent cinquante pour une encyclopédie électrique en sept cent vingt questions) : « Le temps passe, c'est déjà jeudi, demain ce sera vendredi, et puis samedi... et dimanche de nouveau. » Je réponds oui d'un ton convaincu, en doublant le i pour étoffer mon assentiment. Je pourrais difficilement dire non, à moins de me placer à un point de vue *post mortem*, où les temps seraient abolis ou accomplis. Je ne gagnerai jamais l'encyclopédie, mais le casse-tête peut-être.

S suit du regard en frémissant un moineau, au bec un brin de paille tellement plus long que lui qu'il le fait ressembler à un cerf-volant.

Elle aime se tenir debout, les pattes de devant appuyées sur le bord du divan, sur une chaise ou contre la porte. Je m'amuse alors (elle m'infantilise) à la faire marcher comme un petit d'homme qui risque ses premiers pas. Elle réclame cet exercice plusieurs fois par jour en se dressant contre ma jambe.

Le soir je fais danser pour la divertir mon ombre sur le mur comme les romanichels leur ours. D'un regard la futée a saisi le rapport entre moi et mon double. De ses griffes elle essaie de nous réunir, mon âme emmurée et mon corps veuf.

Cette bête bizarre raffole des vêtements, non seulement pour s'y blottir mais pour s'en enrober. On dirait qu'elle veut s'habiller. Sa prédilection va aux tissus brillants, aux teintes vives, la blouse lamée de ma dernière distribution de prix, mon cachemire, cadeau de Cyrille, un ruban gorge-de-pigeon venu d'on ne sait où. Pourtant les chats ne distinguent pas les couleurs.

Cette nuit j'ai été éveillée par un violent orage, avec des coups de tonnerre très proches. Sur la table de chevet, contre la lampe, un papillon de nuit qui semble mort. Incrustation ambrée au début du dos, entre les deux ailes d'un beige un peu doré marqué de touches brunes. Corps en forme de cigare. Yeux noirs punctiformes dont on s'étonne qu'ils aient pu voir.

S à côté de moi, le poil hérissé, les babines retroussées, a dit :

— Peur.

Bien sûr je n'en ai pas cru mes oreilles, pensant avec bon sens que j'extériorisais mon inquiétude, que je prêtais mon angoisse à cette bête. Je lui ai parlé d'une voix rassurante, l'ai caressée. Elle a fait son habituel cinéma nocturne, est partie en guerre contre des fantômes que ses feulements doivent inquiéter. Met KO les forces du mal. D'un bond atteint le haut de l'échelle, se laisse choir sur notre lit, sur mon cœur. Se rendort comblée par sa victoire. Représentation terminée jusqu'au même épisode la nuit prochaine.

Nous nous sommes éveillées au minuscule matin. Le paysage émerge peu à peu de l'obscurité, photo sortie de son bain. Ici on n'est pas seulement à la campagne, comme les vacanciers, mais dans la campagne.

Comme à l'accoutumée j'ai versé à S son lait, à moi mon thé. La chatonne, au lieu de laper, m'a regardée et a dit : « Grand-mère. » J'ai eu peur, comme cette nuit pendant l'orage. Absurdement j'ai demandé :

— Pourquoi m'appelles-tu grand-mère, ma chérie ?

Mes paroles me surprennent presque autant que celles de mon animal : c'est la première fois de ma vie que je dis « ma chérie ». Pour mes élèves du sexe féminin, l'appellation allait de « nigaude » à « ma petite fille » en passant par le semi-sarcastique « chère amie ». Curieusement, et sans l'avoir décidé, je m'adressais autrement aux garçons ; je m'entends encore laisser échapper des « idiots », menacer « mon gaillard » et réclamer « la paix, camarade ». Plus d'affection et plus de brutalité que pour les filles, peut-être à cause des notes, qui chez les unes se cantonnaient dans les 11, tandis que les autres naviguaient bravement de 0 à 18. Surtout, notre langue est bizarrement sexuée, voire sexiste. « Ma gaillarde » ou « ma garçonne » sont inconcevables.

S n'a pas répondu à ma question mais a réclamé très distinctement :

— Lait dans une tasse.

D'une démarche un peu vacillante je suis allée

jusqu'au buffet, d'une main un peu tremblante j'ai sorti la tasse décorée d'une branche de houx (la mienne s'orne d'un bleuet, je possède les quatre saisons, muguet et feuille morte, disons plutôt rousse), l'ai posée devant S et y ai versé le lait de la soucoupe. Elle a bu avec un plaisir évident, mais a encore exprimé une revendication :

— Serviette autour du cou.

— Je... je n'ai pas de serviette assez petite pour toi, Soizic.

— Fais-la.

Et elle a posé une patte de velours, une plume, sur mon nez – geste d'ange clown auquel il est difficile de résister. Elle ne doit pas avoir plus de six semaines et elle parle ! Mais j'extravague : aurait-elle dix ans que le phénomène serait tout aussi insolite. Je ne sais que penser. L'essentiel est que les gens ne se doutent de rien. Il ne faudrait pas que la mauvaise réputation de la mère H déteigne sur moi, sur nous. Je suis et veux rester la modeste mais respectable Mme Bredaine. Les élèves ne se privaient pas, de loin en loin, d'écrire au tableau, avant mon entrée en scène, « Calembredaine », mot qu'ils n'effaçaient que sur un signe de mon index vers l'éponge, mais, suprême et délicat hommage, ils allaient répétant que mon enseignement « n'était pas chiant ». J'essayais de mettre à profit leur esprit antagonique, les incitant à une curiosité malsaine pour la littérature et à pratiquer à outrance le vice impuni. Je plafonne assez bas mais le plafond n'est pas vilain. Toutefois la véracité m'interdit d'oublier qu'un soir brumeux j'ai surpris aux abords du collège ce lambeau de conversation :

— Bredaine donne cours aussi aux troisième ?

— Donne cours ? Assène cours, tu veux dire.

Le consolant est que les spéculations de M. Nettuce, professeur de philo, en faveur du probabilisme étaient communément traitées de gazouillis et de vagissements.

Le cantonnier Joachim Preneur, en remblayant le fossé de la sente Maudrin qui longe mon jardin sur la gauche, lance par-dessus la haie :

— Bonne journée, la patronne.

Preuve que je jouis d'une certaine considération.

Quand M. Preneur est d'humeur particulièrement affable, il cumule même les appellations gratifiantes : « On désherbe, la patronne ? Bon courage, madame Bredaine. »

J'arrache des touffes aux minuscules et innombrables fleurs lilas, aux feuilles découpées, aux racines rouges qui viennent comme d'elles-mêmes. A l'instant où on l'extirpe, cette plante ravissante dégage une odeur fétide.

S joue avec un argus, pousse des cris de paon, l'estourbit, le mange, se lèche et se pourlèche.

Une fourmi transporte une poutre. S essaie d'attraper ces créatures, les dépasse au lieu de les atteindre, ne parvient pas à se ralentir. Ses idées-galops la propulsent au loin. Je la vois encore à mes côtés que déjà elle s'aventure à perte de vue, il suffit d'un fil de la Vierge pour l'entraîner. On la craint perdue, enlevée, tuée, elle est sur vos talons. Surgit de nulle part alors qu'on la cherche partout, paraît s'engendrer elle-même, semblable à un dessin animé. Est à elle seule un corps de ballet. L'absence d'hésitation donne tant de grâce à ses mouvements. Toujours tout entière à ce qu'elle fait. Dort, guette, bondit, s'étire, se cambre au maximum. Se risque à des distances inouïes mais quand même pas au-delà du potager Passerin. Si je dépasse cette limite extrême, s'assied au milieu du chemin et pleure, à la frontière de la terra incognita. En me revoyant saine et sauve après une telle expédition, se roule de joie.

Mme Passerin est venue m'apporter des œufs, comme chaque fois qu'elle en a de reste. Les poules blanches dans son pré ont l'air de pièces de lingerie à sécher. Soudain elles s'animent, se précipitent vers une invisible aubaine. Si une de ses épouses se désintéresse du festin, le coq l'y pousse de force à coups de bec. S faisait rouler une bobine que je lui ai abandonnée. Très aimablement malgré l'épouvantable solécisme, Mme Passerin s'est écriée :

— Qu'est-ce qu'elle est belle, votre petite chatte !

S s'est arrêtée pile de jouer avec sa bobine, a demandé : « Belle ? » et est venue se frotter en ronronnant contre la jambe de notre voisine.

Un silence de mort s'ensuivit. Mme Passerin et moi n'osions nous regarder. A peine l'avais-je payée qu'elle a dit précipitamment : « Eh bien, je vous laisse » et a tourné les talons au lieu de tailler comme d'habitude une bavette sur les mystères de Beaufles : « Mon fils m'a reproché d'être venue le voir sans prévenir, il m'a dit : "Tu as foutu la chiasse à Marquis." Forcément, cette bête ne voit jamais personne. Les Cabus sont allés à la mer faire une prière sur la tombe de leur père. Il a belle vue bon air mais n'en profite guère. A la guerre comme à la guerre. Encore heureux d'être en terre plutôt que fichu en l'air. *Les Hortensias* ont été cambriolés pour la deuxième fois, ils avaient mis pièges, mais y a pas de pièges, ça fait piège quand même. On sait qui a fait le coup. Silence. C'est Baudry qui faisait leur potager mais quand ça le prend il scie les cerisiers à ras de terre. N'a que trois choux au jardinet, trois sous au porte-monnaie, comme on dit. La matelassière des amours chante plus qu'elle ne carde. Dormez les agneaux, ne dormez pas trop. Il a phallus que la Violette s'amourache de son braconnier, madone de maldonne. Faute qu'ils s'endurent et que ça dure. Le temps est sale, j'ai mal aux asternales. Quand les poules ne s'abritent pas, c'est que la pluie va continuer. Ils s'appellent Coron, mais c'est les enfants de Pierre et Paul. »

*

Je n'ai fait aucun reproche à S, n'ayant pas le droit de l'empêcher d'être elle-même (qui ?), mais quel désarroi.

— Omelette, a demandé la petite en regardant les œufs.

Plus encore que du don de parole de ma chatte, je m'étonne de l'étendue de son vocabulaire. Omelette ! Impossible de la situer par rapport à un bébé qui s'essaie à ses premiers mots. Mais, après tout, peut-être ai-je imaginé chez ma voisine un malaise qu'elle n'a nullement éprouvé et ce qui se passe est que tout simplement j'hallucine. Cette mère de famille est partie tout de suite parce qu'elle avait à faire, sans doute.

Nous sommes mercredi (curieuse façon d'être) et cet après-midi le plus jeune fils de Mme Passerin est venu. Dru, archiblond, les yeux archibleus, dix ans. Il s'appelle Walter. Chez nous sévit une américanomanie due sans doute à la TV. On est environné de petits Harry, Tom, Peter, de petites Mary, Cathy, Cheryl. Les chiens s'appellent Jo, Buck, Flip, les chiennes Pussy (!), Pinkie, Nelly. Même la politesse est devenue américaine : fournisseurs et facteur ne manquent pas de vous souhaiter une bonne journée, à quoi on est tenu de répondre : « Vous aussi », traduction littérale, avec quelques lustres de retard, du rituel : « Have a good day. — Same to you. »

Ces prénoms anglo-saxons jurent plaisamment avec les patronymes : nos enfants s'appellent Michaël Cabus, Anthony Graindoux, Andrew Fortin, Wendy Coron, Linda Bichebel, Margaret Despois. Jim est « le cabot aux Panteloup ». Buck appartient aux

Bichebel. Disney, bas-rouge perdu, a été recueilli et baptisé par Audrey Graindoux, sœur aînée d'Anthony. Nobody, jeune braque, assiste le boucher itinérant Léopold Songe, dont le violon d'Ingres est la carabine. Il nie que la chasse soit un sport cruel puisque quand un lièvre se réfugie près d'une maison, c'est une mère et on ne la tire pas. Miss, roquet chamois, adoucit les vieux jours de Mme Pertuis. Quant aux chats, ils changent d'état civil suivant les foyers qu'ils honorent de leur présence. Ainsi Mouff, chat des Cabus, est également Toto, matou des Rondelaire. Souvent ils ne peuvent compter que sur eux-mêmes pour leur pitance et vont braconner dans la forêt, attraper même des lapereaux. A leur tour les chasseurs tuent ces rivaux.

Bref, Walter, sur le seuil, m'a demandé très poliment :

— S'il vous plaît, est-ce que je peux jouer un peu avec votre petite chatte ?

Je vois d'ici ce qui se sera passé. Mme Passerin aura rapporté à sa famille et à sa façon le mot de S. Elle aura chargé son benjamin de tirer l'affaire au clair. Il s'est jeté à genoux devant S et lui a demandé d'un ton pressant :

— Dis bonjour.

— Non, a répondu ma chatte de sa petite voix nette.

J'ai aussitôt proposé à Walter un bol de cacao et des galettes Saint-Estève pour compenser le refus de

S et essayer de normaliser la situation. Walter accepte par politesse, trempe mélancoliquement une saint-estève dans son cacao, termine le tout comme un pensum et part non sans avoir posé sur S hiératique un long regard scrutateur.

Dès qu'il a disparu, j'ai pris ma petite à partie :

— Pourquoi as-tu refusé de dire bonjour à Walter ?

— Miaou ! a-t-elle répondu.

Un moment plus tard, léchant le papier qui avait enveloppé son *(sic)* foie et les ciseaux qui l'avaient coupé, elle a dit avec délectation : « Sang. » Je n'ai pu retenir un frisson de dégoût, qu'heureusement cette bête n'a pas vu.

Il semble qu'elle ne manque pas d'humour. Son grand plaisir est d'enlever les lacets de mes chaussures et de les abandonner au loin, sous un prunier, parmi les épines de la haie ou même en dehors de chez nous, dans l'herbage Tizant. Une fois cette effrontée est allée au-delà de la ferme Bolduc, jusqu'à l'entrée du cimetière où elle a déposé son trophée, mon foulard de soie cerise.

Elle se regarde longuement et fréquemment dans la glace, de face, de profil, de trois quarts, de tout près, de moins près. Il lui arrive, à la suite de ces examens, de gémir.

— Qu'est-ce qu'il y a, Soizic ? Tu ne te plais pas ? Tu es pourtant jolie.

Elle ne répond rien. On dirait qu'elle s'est maquillée avec une folle fantaisie : mouche au coin de la bouche, qui lui donne l'air de faire une drôle de petite moue ; trait noir sur le bord de sa rousse oreille gauche ; eyeliner autour de ses yeux, qui sont maintenant couleur de reine-claude, on est mis en face du fait accompli. Mèches rousses, mèches noires, patte blanche, patte rousse. Touches de roux sur les taches noires. Arrière-train en forme de cœur. Bouquets plumeux dans les oreilles. Retroussis désinvolte sur la nuque, elle porte un renard argenté, bleu, croisé. Symétrie des formes et dimensions, asymétrie des couleurs. Arlequine à demi masquée d'un loup, change chaque jour en mi-carême.

Soigneuse de sa délicieuse personne, fait longuement sa toilette à coups de langue révérentiels tout en marmottant, Dieu me pardonne : « Recourir à l'en-soi vers le pour-soi. » Jamais, même avec mes élèves de terminale, je n'aurais employé une si prétentieuse formule. Gageons que l'innocente ne comprend pas ce qu'elle dit.

Les papillons ont la vie dure. Piétinés, lancés en l'air, mastiqués par cette enfant, ils réussissent parfois à s'échapper en un vol immense, à l'est, à l'ouest, un vol d'aigle, à perte de vue.

La liberté, sauf dans un sens mystique, me semble un mythe bourgeois. Je ne crois qu'aux libertés – et à la libération, illustrée par l'essor de ces insectes parfaits.

*

Le non de ma chatte s'est répandu parmi la marmaille du village qui vient la voir comme une bête curieuse, ce qu'elle est en fait, il ne faut pas se le dissimuler.

En général, pendant ces visites, elle se cache sous le divan et les enfants repartent bredouilles. Quelquefois ils lui apportent des offrandes, déchets de viande, un peu de mou, un bout de rate, ce qui semble la vexer : elle souffle avec colère et refuse d'y toucher. Wendy Coron, onze ans, a été plus fine. J'aime cette gamine. Elle est gracile, a mauvaise mine, les yeux d'un bleu estompé et pourtant lumineux, des lèvres pâles au modelé énergique. Habillée d'une façon à la fois pauvre et pleine de charme, des vêtements taillés dans ceux que Mme Pertuis passe aux sept Coron. Ainsi Wendy porte ces temps-ci une chemise aux fleurettes passées flottant sur un pantalon de velours vert olive soutaché d'argent. Elle est arrivée en disant :

— Je viens lui apporter ça.

Déjà l'emploi du pronom était une preuve de délicatesse : elle n'a pas dit, comme d'autres, « la chatte », « la petite chatte » ou « votre chatte ». « Ça », c'était une poupée de caoutchouc, vieille, décolorée, à moitié crevée, mais qui a enthousiasmé S, sans doute parce qu'il s'agissait là d'un cadeau pour enfant humain. Elle s'est précipitée sur la chose et a dit très distinctement, en regardant la visiteuse dans les yeux :

— Merci.

— De rien, a répondu Wendy avec un naturel admirable. Je t'apporterai d'autres affaires, j'y joue plus.

Cette fillette si féminine et si garçonnière – à califourchon sur la branche culminante du poirier familial plus haut que leur maison, elle tricote des chaussons pour son petit frère (Ralph !) – nous a réunies, ma minette et moi, en un sourire délicieux.

*

Accédant au désir de S, je lui ai taillé une serviette dans une ancienne taie, avec deux rubans rouges pour nouer autour de son cou. J'ai même poussé le ridicule jusqu'à y broder une fauvette. (Elle guette et convoite les oiseaux du jardin, en vrai félin qu'elle est. La concupiscence fait frémir ses mâchoires et lui arrache des feulements.)

Avant chaque repas ma bête avance la tête pour que je lui mette sa serviette mais se montre insatiable :

— Veux une robe, dit-elle en posant la patte sur ma jupe de crêpe de Chine lilas qu'il me faudrait sacrifier à son profit.

— Tu as déjà ta fourrure, très, très angora, tu n'as pas besoin de vêtements.

— Si.

— Les gens se moqueront de toi.

— Grifferai.

Je n'aurais pas dû céder. Toujours est-il que nous voilà en plein essayage, S debout sur la table, agrippée d'une patte au mur où elle égratigne les ramages de la tapisserie. A tout moment la séance est interrompue par un bondissement, un saut de carpe, la jeune élégante voulant happer une mouche ou capturer une brindille.

Elle désire une tenue qui monte jusqu'aux oreilles, descende jusqu'à terre, avec manches longues et poignets couvrant à demi les pattes. En somme, cette hybride souhaite escamoter sa félinité, c'est un peu triste. Résultat : une robe de demoiselle d'honneur, réussie ma foi car j'y ai mis tout mon cœur. Robe de style, mais lequel ? Peut-être un mélange Directoire-disco. Tout de même, devenir la couturière d'un animal... S ronronne et me lèche la main, seulement cette bête abusive voudrait ne plus quitter sa robe, qui serait bientôt réduite en charpie. Je me suis donné trop de mal. Après miaulements, coups de griffe et morsures de sa part, objurgations, menaces et tapes bien assenées de la mienne, nous sommes enfin parvenues à un gentle cat's agreement : elle mettra sa robe tous les dimanches. Chaque matin elle essaie de me persuader que c'est dimanche. Incapable de retenir les jours de la semaine. Il est vrai que pour les loutres c'est toujours dimanche (et pour les castors jamais). Ne battons pas la campagne : S, chat atypique, n'en est pas pour autant une loutre.

Une libellule s'est prise dans le macramé d'un des

rideaux de vitrage (un ange dans chaque angle, les deux du bas s'élançant vers le centre du panneau marqué par une sorte de noix, ceux du haut en chute libre, cul par-dessus tête. Je les ai hérités de tante Gloria). Cet insecte, merveilleux quand il plane, mérite bien sa fantaisiste étymologie de petit livre. Livre volant, ouvert en son milieu. Mais vu et entendu de près il fait presque peur. Il vrombit comme un hélicoptère miniaturisé, agite sans arrêt ses quatre ailes membraneuses. Yeux énormes, on voit bien que cet être arrive tout droit de la préhistoire. S, grimpée sur l'appui de la fenêtre, s'est accrochée aux chérubins et a avalé l'horreur. Pourvu que ça ne la rende pas malade. Souvenir rassurant : saint Jean à Patmos dévora, dit-il, un petit livre ouvert sans en éprouver pis que de l'amertume dans les entrailles.

Voilà que mon enfant se cache dans la penderie, fait apparaître et disparaître sa tête, puis une patte, change la toile de Jouy en rideau de théâtre, entreprend l'ascension des vêtements, atteint la planche d'où elle fait délibérément tomber un pull après l'autre. Vit dans un perpétuel Luna Park.

*

Maintenant je ne me crois plus le jouet d'un fantasme car alors tout le village le serait avec moi. Il y a eu des cas d'hallucinations collectives, aux Indes notamment, mais seulement pour un temps bref, pendant qu'un fakir faisait ses tours. Ici il ne se passe guère de jour qu'on ne vienne voir S et converser avec elle, écouter ses courtes phrases dépourvues de sujet. Mme Passerin s'est faite à l'idée d'une chatte parlante, pense que cette particularité pourrait même profiter au village.

Aux USA la guenon Washie exprime des pensées bien supérieures à celles de mon monstre mais en langage gestuel et à la suite d'un apprentissage.

La Bible rapporte trois phrases prononcées par une ânesse s'adressant à son maître Balaam :

— Que t'ai-je fait, que tu m'aies frappée ces trois fois ?

Et :

— Ne suis-je pas ton ânesse, que tu as toujours montée jusqu'à présent ? Ai-je l'habitude d'agir ainsi avec toi ?

En effet, la rétivité de cette bête qui d'abord quitte le chemin pour les champs, puis presse contre le mur le pied de son cavalier, enfin se couche par terre, cette conduite était justifiée par la présence d'un ange armé qui barrait la route.

Balaam ne s'étonne pas d'entendre parler sa monture et lui répond avec naturel. On peut donc en inférer que l'animal avait déjà pris la parole auparavant.

Naturellement cette histoire me paraissait une affabulation, mais maintenant...

Une formule rituelle des contes est : « Du temps

que les bêtes parlaient. » Elles parlent parfois dans nos rêves, qui sont des ultra-vérités.

*

Mon enfant adoptive persécute sur le seuil un mulot qui pousse des cris de montre à quartz. Il se précipite dans la salle et, coup de génie, s'enfile dans une des deux grandes briques creuses qui tiennent lieu de pare-étincelles. S ne comprend rien à ce tour de prestidigitation, elle regarde çà et là d'un air égaré : sa proie était sous ses yeux et s'est volatilisée. Malgré son désappointement, dès qu'elle aura tourné le dos, je délivrerai le rescapé.

Chacun se congratule sur l'été indien. Ainsi, grâce à la dérive des continents, la France fait maintenant partie de l'Amérique.

Les noisettes de la haie, maintenant hâlées, doivent être mûres, j'en ai cueilli et mis sur la table, toujours coiffées de leurs capuchons dentelés. S en fait précautionneusement tomber une, surveille sa chute avec un intérêt balistique, plonge à sa suite, la rattrape, la perd à dessein, la retrouve, la reperd, la repère, la vainc. Alexandre conquiert le monde.

Les feuilles des aulx jaunissent, je fais sécher leurs têtes nacrées et accroche au plafond du cellier les oignons des vertus. Il est temps de repiquer le persil. Superstition stupide qui veut que l'opération fasse mourir dans l'année un membre de la famille.

D'ailleurs je n'ai plus de famille, S est plus pour moi que ne fut aucun parent.

— Les vaches sont aux vêpres, dit Wendy parlant des Rondelaire.

— Vaches, pourquoi ?

— Oh, c'est des vaches.

— De quelle manière ?

— Ils vont aux vêpres.

— Et alors ?

— C'est cul bénit et compagnie. Ils donnent des sous pour des trucs bidon.

*

Autour du cimetière des enfants combattent, armés de pierres, de ferrailles, de bâtons épineux. L'un d'eux, William, frère de Wendy, tient à la main un pistolet. Le plus petit et le plus forcené, en battle-dress kaki, dirige vers les morts son lance-missiles sol-sol aux cris de : « Vous êtes cuits ! Vous êtes faits ! » C'est une fille, Primrose Panteloup.

Il pleut. La pluie, intense, prolongée, régulière, donne une impression de générosité. Sur les trois pommiers, chaque pomme a sa goutte de pluie en pendeloque. Ces arbres ne portent fruit qu'une année sur deux. Suis ébaubie par leur calendrier secret et leur connaissance infuse du système binaire. S rentre et dit : « Si angora qu'on soit, on finit quand même par être mouillé. » C'est bien la première fois qu'elle prononce une phrase si élaborée, exception faite de

« l'en-soi vers le pour-soi » de sa petite enfance et que je ne saurais considérer autrement que comme une anomalie au second degré, une bizarre possession par les voix de l'existentialisme.

A peine étais-je revenue de ma surprise qu'elle ajoutait en se léchant mèche par mèche : « Etre angora ne comporte pas que des avantages. » Ma petiote serait-elle en train de devenir une Marie-Chantal ? On dirait que cette bête entend mes pensées désobligeantes, elle se fige et me fixe : la justice dévisageant le crime. Volontairement vulgaire, je demande :

— Tu veux mon portrait ?

Volontairement grossière, elle miaule :

— Non !!!

Et retourne au jardin. La patte droite avant levée et pendante comme une petite main blessée, elle croit chasser, essaie de chasser, traque un mulot qui se réfugie sous une grosse pierre comme dans un château fort. D'une dextre aplatie elle réussit à l'atteindre, il lui échappe et file contre le mur. Si petit, doit être encore un gamin ou une gamine. Il trouve un renfoncement et s'y blottit. Elle le rattrape et le taquine jusqu'au sang. Il se terre au pied du cerisier et meurt en pleine débrouillardise. Son ventre est d'un gris doux comme le ciel aujourd'hui, son dos du même brun que les labours. Nez si pointu qu'il a l'air d'un bec, doigts minuscules même pour un être si infime.

Passant inattendu, un lièvre s'éloigne sur la sente Maudrin. S le suit du regard avec avidité, soudain se lance à ses trousses, bien qu'il soit quatre fois grand comme elle. Ma fille court à la vitesse du vent, le lièvre à celle de l'éclair. Il oblique et disparaît dans l'herbage Tizant. S reste un instant médusée, puis revient d'un air flâneur, comme si elle n'avait jamais poursuivi personne. Une demoiselle sous son ombrelle, la dentelle de son jupon dépassant à dessein de sa jupe, qui sort de la messe et va jouer au croquet, après être allée acheter le saint-honoré dominical.

*

Les corbeaux, dans le pré d'à côté, paraissent des poulettes noires. En vol, ils ont une envergure de seigneurs des airs. Je les avais pris un instant, presque blancs dans la brume, pour des mouettes, ces petits Vikings qui remontent la Seine jusqu'à Paris. Ils se perchent sur le pommier du milieu où restent encore quelques pommes rouges. S y grimpe, ils s'envolent. Déçue par leur départ, elle se console en secouant les pommes comme des hochets.

Un solitaire au sommet d'un arbre dépouillé est une figure emblématique peut-être de mauvais augure, une vigie scrutant l'horizon d'où viendra l'ennemi.

Walter Passerin, traînant le cygne à roulettes de sa

sœur Maguy, annonce : « Je vais aller ramasser des poires pour les lapins. »

Je téléphone chez M. Houppemont, le ramoneur. Sa femme répond : « Ils sont en tournée. A la dernière cheminée on vous passera un petit coup de fil. »

Je recommence à faire du feu. C'est un maître à penser, un modèle : pour ne pas mourir il lui faut l'intégration – la réunion de ses bûches, la convergence de tous ses éléments.

Il suffit d'un attouchement du tisonnier le débarrassant de ses cendres, de son passé, pour qu'il renaisse et s'élance.

S convoite les hirondelles rassemblées sur les fils télégraphiques pour de faux départs destinés, paraît-il, à habituer les jeunes. Vues d'en bas, leurs ventres argentés les font ressembler à des sardines.

*

J'ai pris le car avec S blottie dans mes bras, sous ma houppelande. Il faut aller au bourg chez le vétérinaire pour les vaccins d'usage.

Au début nous étions seules, à mon grand soulagement. S, s'accoudant à mon épaule comme à un balcon, regardait le paysage avec malveillance. Il est pourtant d'une beauté de calendrier des postes qui, prise à la source, constitue la perfection : sans exagération comme sans faiblesse, l'eau en vient à la bouche de l'esprit. Fruit d'un mariage d'amour et de raison entre l'homme et la nature. (Ne pontifie pas, Olga Bredaine, d'autant plus que tu n'as jamais vraiment compris ni vu ce qu'on appelait Nature, pas plus que tu n'as serré la main de la Société ou embrassé le genre humain. Toutes ces abstractions qui empêchent de connaître les réalités. La liberté chérie, malgré sa bonne volonté, ne saurait combattre avec ses défenseurs.) Je contemple l'environnement d'un œil de propriétaire platonique. C'est une présence généralisée, incarnation du divin, il n'y a pas d'autre mot.

A Buthoire-la-Grandesse, fière de ses ruines, deux merlons, trois créneaux, et qui arbore, au-dessus d'une carte d'orientation (comme s'il était besoin de plan pour s'y retrouver dans quatre rues qui se coupent à l'Hôtel du Carrefour et de France), la devise « *Butorium Magnum semper lupum auribus tenet* », diversement interprétée par les Buthoiriens – « Le Saint-Père tient Buthoire pour un grand lopin en or » ou « Le Grand Butoir tient tête aux hordes barbares ». Pour moi, le loup que cette bourgade s'obstine à tenir par les oreilles demeure mystérieux. Je voulais seulement dire qu'un couple entre deux âges est monté, lui les jambes de pantalon enfoncées dans des bottes de plastique glauque, les mains enfoncées dans les poches, la tête dans les épaules, le béret enfoncé sur la tête. Elle, vêtue de fausse fourrure, salue ma chatte et moi d'un « m'sieu-dames » murmuré. S, considérant sans doute que le car ne devait transporter que nous, a commencé à s'agiter furieusement.

— Vous auriez dû la mettre dans un panier, dit l'homme.

— Elle est trop grande, dit la femme, pourtant elle est petite.

J'ai souri bassement.

Aux Landes Bertouin, irruption d'une bande de jeunes bruyants et chahuteurs. Mon trésor voulait leur sauter au visage, ce qui les a conquis : la violence leur plaît même quand elle s'exerce contre eux. Ils se la faisaient passer de main en main, contents d'être mordus et griffés et de l'étrangler à moitié. Je me retenais d'intervenir, il ne faut pas surprotéger ceux qu'on aime. L'un des gars, qui portait un pendant d'oreille damasquiné et les cheveux en catogan, faisait hurler son transistor : gloup hi hi wâââ ! S a essayé de manger l'appareil. Le couple s'était renfermé dans un absentéisme compassé. Heureusement le groupe est descendu au hameau suivant, Grouge-en-Marinier. En me rendant S hirsute, un petit noiraud a demandé :

— C'est un oursin ?

Imbécile.

Enfin nous voici au bourg, place du Marché où se tient le marché de la Place, chacun étant le faire-valoir de l'autre.

Dans la salle d'attente du vétérinaire, S, agrippée à moi, se tord le cou pour toiser deux corniauds en laisse et un matou dans un panier à claire-voie. Je lui susurre à l'oreille :

— Ils sont gentils, ils sont beaux.

— Pff, répond-elle.

Elle a un caractère exécrable mais ne manque pas de courage : la piqûre l'a crispée de souffrance sans lui arracher le moindre cri. Le docteur Grousse en a même semblé surpris, j'ai eu peur qu'il se rende compte de la singularité de ma chatte. La voici nantie d'un carnet de santé, enregistrée dans l'espèce féline dont pourtant elle ne fait pas vraiment partie.

J'aurais voulu demander à Grousse : « Comment se fait-il que ma chatte parle ? », mais je n'ai pas envie qu'on m'enferme. La nouvelle n'a pas encore filtré de notre petit village jusqu'au bourg où prospèrent le Crédit Rural, le café A l'Arrêt-des-Cars, le Bazar Moderne, le Garage de la Moutte (c'est un cours d'eau qui a disparu, s'étant enfoncé sous terre), Chloé Coiffure, Jerry Mod's – et qui a d'autres chats à fouetter que ma pauvre petite. Pour compenser la piqûre et le déplaisir du trajet, je décide de lui acheter une balle au bazar. A ma proposition elle répond :

— Veux bien.

Dans la boutique où l'on trouve tout – graines, cosmétiques, outils, pesticides, BD, engrais, tirelires cochons (curieux que ces refuges de nos espèces et les pains d'épice forains où s'inscrit le nom de l'être aimé adoptent rituellement la forme porcine. Allusion au cochon qui sommeille dans le cœur humain, économe ou épris ?), tonnelets à liqueur, six petits verres accrochés à leurs flancs comme des canots de sauvetage, et diverses bombes – S désigne du regard, entre des sujets de terre cuite (nabots, baudets chargés de corbeilles, colombes trop empâtées pour aller chercher aucun rameau d'olivier) et les bouteilles de butane, un ballon gros comme une noix de coco, mi-partie rouge et vert dans un filet jaune.

Le Courrier du Ponant ne repart que dans vingt minutes et, ma foi, j'entre à l'Arrêt-des-Cars, S accrochée à moi comme un ouistiti.

— Un café avec un peu de lait à part, s'il vous plaît, dis-je avec une fausse assurance.

Et c'est presque la catastrophe. S, goujate, réclame :
— Boudin.

Je tousse pour couvrir sa détestable voix. La serveuse s'éloigne. Je murmure furieusement :

— Qu'est-ce que c'est que cette idiotie ? Tu n'as jamais mangé de boudin, tu n'as pas besoin de boudin, tu te crois dans une triperie ?
— Faim.

La serveuse revient avec ma tasse de café et un petit pot de lait. S ouvre la gueule pour répéter : « Boudin. » Je la bâillonne de la main et d'une voix tremblante d'émotion commande un sandwich saucisson-beurre. On nous regarde, on se rend compte de notre altercation.

S refuse de boire son lait dans la soucoupe, il faut que j'avale mon café brûlant pour libérer la tasse. Elle croit se comporter en enfant humaine mais lape son lait, engloutit les rondelles de saucisson et lèche le beurre.

La serveuse aux paupières vertes vient se planter devant nous et dit : « Eh bien, j'espère ! » Son espérance est un coup de semonce.

Le car est enfin arrivé, déjà à moitié plein d'ombres dans la pénombre, semblables aux morts des champs élyséens. Ils parlent d'autant plus fort qu'on les voit moins :

— Qu'est-ce qu'il est passé comme oies sauvages !

Bizarre qu'il ne soit jamais question de jars sauvages.

— Tu peux rire, ordure.

Nous nous trouvons assise(s) derrière les oies sauvages et non loin de l'ordure rieuse.

— Le garde forestier va m'apporter ma carte d'électeur.

— La vache m'a foutu que des pieds.

A cette phrase qui semble d'un mille-pattes se plaignant de son créateur, une voix répond :

— Tu dois être crevé.

— J'ai mis cinq pièges à taupes dans le jardin de ma belle-mère.

— On ne sait pas ce que c'est, son boulot. Il est pas couvreur, il est pas plombier, il est pas zingueur, il est pas délardeur.

— Non, il est pas.

— Mon âne, j'ai pas le droit de le couper, l'espèce est en voie de disparition.

— Ça te sert à quoi, un âne ?

— Je vais lui faire herser, il me servira de tracteur.

— C'est affectueux, un âne.

— Il est pas affectueux du tout, ce saligaud-là. Ne pense qu'à vous flanquer un coup de pied.

— Mon père est décédé d'un coup de pied de cheval dans le ventre.

— Il peut couvrir une jument, ça fera un mulet.

— Il faut bien mourir de quelque chose.

S somnole sur mes genoux, une patte accrochée au filet de son ballon. Le trajet, dirait-on, se déroule dans un autre pays qu'à l'aller. La route s'est allongée comme s'élargit jadis en Irlande la rivière Liffey entre les lavandières qui ne pouvaient plus converser. Les gens demandent au chauffeur de s'arrêter dans les endroits les plus fantaisistes :

— Je descends avant La Patte-d'Oie.

— Tu nous laisses après la maison Floche.

— Vous pouvez passer par Les Filardeaux ?

— On va chez Biquet.

— Arrête juste en face du terre-plein Gémoni.

Les voyageurs parvenus à bon et sombre port, un instant illuminés debout à côté du conducteur, lui touchent l'épaule ou lui glissent une pièce, disent :

— Allez, salut, Xavier.

— Adieu, chef.

— Merci à vous, monsieur Lemproie.

Ils se hâtent de disparaître dans la nuit. D'autres, sur le bord de la route, lèvent un bras pour arrêter le car qu'ils escaladent avec des colis, des enfants tirés, poussés, un laurier aux racines prises dans une motte de terre et emmaillotées d'une toile nouée aux quatre coins, un journal roulé autour d'une bouteille, une bouture de chou marin piquée dans la moitié d'une pomme de terre. D'autres bouches poursuivent les mêmes conversations :

— Elle fait le ménage à coups de pied.

— Quand tu veux faire l'esprit...

— Il coupait le lilas pour l'offrir à sa femme. Ça la mettait en colère.

— Depuis qu'ils sont morts, les roses montent jusqu'à la gouttière.

De temps en temps S, frappée par un éclat de voix ou un cahot, ouvre les yeux puis les referme.

— Il faut faire faire aux pois et aux haricots le tour du jardin.

— Le fil s'est tordu, le téléphone s'est cassé la gueule.

— Vous voilà rendues, chuchote une voix sans corps.

La nuit a viré du noir au bleu sombre. La lune vient de se lever. La lumière de cet astre où des gens marchèrent, roulèrent en Jeep, firent des prélèvements, métamorphose le jardin. La pelouse est une nappe qu'éclairent les petites lampes des capucines (je confis et confie leurs graines au vinaigre) et des impatiences. Les poireaux semblent des lis. Les roses trémières et les nérines roses sont devenues blanches. Les carottes sont de secrètes dentellières qui ouvragent leurs fanes. Pétales des épinards Symphonie,

opale des laitues Passion et des batavias Reine des
Glaces, panaches neigeux des oignons perpétuels et
des Merveilles de Pompéi. Magnifiés par le latex de
la Grande Eclaire, les choux sont maintenant eux-
mêmes des lunes, apparemment guère plus petits que
notre satellite. Dire que ce terrain, fragment d'univers, m'appartient.

Sans attendre que j'aie ouvert le portillon, S a
bondi de mes bras, s'est glissée à travers la haie
pourtant piquante (houx, aubépines, églantiers, pru-
nelliers), a survolé les plates-bandes, grimpé sur la
glycine de la façade, par un trou sous la gouttière
s'est faufilée dans le grenier, a crié pour que je monte
pousser la trappe et failli me faire tomber en déva-
lant l'échelle. Je n'avais pas encore ranimé le feu et
mis la soupe en train qu'elle revendiquait :

— Veux des souliers.

— Et puis quoi encore ? Des souliers te gêneraient
pour grimper.

— Veux.

— Tu n'as pas de pieds, dis-je assez cruellement.

— Si, répond-elle en léchant la plante de ses pattes
arrière. Mal, sans souliers.

— Tu plaisantes. Même si c'était vrai, je ne pourrais pas t'en faire.

— Pourquoi ?

— Trop difficile.

— Saleté ! crache-t-elle.

La colère lui tire les traits, lui bride les yeux, lui

aplatit les oreilles. Sa tête ressemble à celles réduites par les Indiens. C'est bien la bête de la mère H. La caque sent toujours le hareng, comme disait tante Gloria. Outrée, je ne lui adresse plus la parole de la soirée. Elle me tourne ostensiblement le dos, ou plutôt le derrière, envoie rouler sous le divan la balle que j'ai payée vingt-cinq francs, ne touche pas à sa pitance et ne vient pas passer la nuit à mes côtés comme d'habitude. Elle s'installe sur un fauteuil en ronronnant à tue-tête. Grand bien lui fasse.

Le lendemain, Wendy arrive, balançant un grelot au bout d'une ficelle dorée. S lui saute au cou, qu'elle enserre de ses pattes, et dit d'une voix mouillée de larmes :

— Gand-mère veut pas me faire des souliers.

Je la soupçonne d'avoir, contrairement à son habitude, omis le r pour attendrir son amie.

— C'est vrai, ma reine ? répond la fillette en me lançant un regard complice de ses yeux si peu et tellement bleus. Je t'en ferai, moi, des beaux petits chaussons.

Chaussons ? Devrai-je voir ma chatte traîner la savate ? En attendant elle lèche la joue de Wendy puis exhibe sa langue rouge comme un pétale de coquelicot, aussi longue qu'elle peut, en me regardant fixement. Wendy pousse un « Oh ! » indigné et ordonne :

— Demande : « Pardon, grand-mère. »

— Dindon grand-mère, dit la drôlesse.

— Ah je t'aime plus, déclare Wendy en essayant d'enlever l'animal de ses épaules. Je t'aime plus.

A notre étonnement, S éclate en sanglots secs, avec des convulsions. Comme tétanisée, elle s'agrippe à Wendy en vociférant :

— Aime ! Aime ! Haîîîmme !!!

Si bien que nous voilà en train de caresser, dorloter, abreuver à la petite cuiller cette fausse enfant qui mériterait plutôt des coups. Elle suffoque en hoquetant : « M.M.M. » Ne peut pas plus se passer d'amour que d'aliments carnés. Enfin, épuisée par son numéro, bercée par Wendy qui lui chantonne :

> *« Ne fais pas tant de bruit, Simon.*
> *Simon, tu exagères.*
> *On t'a tiré de ton limon.*
> *Il pleut, il pleut, bergère.*
> *De la mer et des goémons,*
> *On t'a tiré, Simon,*
> *De cent mille ans de flottaison,*
> *On t'a tiré de ton limon,*
> *De tes lits de fougères,*
> *Et ronron petit patapon. »*

elle entrouvre un œil – sa pupille a l'air d'un pépin dans un fruit – et elle s'endort.

*

Deuxième virée au bourg pour les rappels de vaccins, cette fois dans la camionnette de M. Passerin, S assise entre nous.

Moi : « Il fait doux. »

M. Passerin : « C'est un temps à grippes. »

A ma consternation, S, voulant mettre son grain de sel, déclare d'une voix flûtée :

— C'est un temps à mulots.

M. Passerin semble d'accord et répond, aussi férocement que mon petit trésor :

— Au printemps ce sera un temps à mésanges.

A la perspective de chasser les mésanges, les moustaches démesurément longues de ma fille – folie des grandeurs puisqu'elles mesurent l'espace qui lui semble nécessaire à son passage – vibrent de plaisir. Son minois devient bouille mafflue.

En sortant de chez le docteur Grousse où Dieu merci elle n'a pas soufflé mot, S annonce :

— Petite musique et beurre-cisson.

Ce que ma vamp appelle petite musique, c'est, dans la vitrine du bazar, un manège de papillons tournant aux sons d'une berceuse de Brahms, parmi les fermes piaulantes, téléphones jacassants, véhicules vrombissants, TGV ululants. Noël est encore loin mais il faut que les affreux jojos aient le temps de tanner leurs parents et ceux-ci d'économiser en se privant.

Je n'ose me souvenir du prix que j'ai payé Brahms-papillons mais S m'appelle sa toujours toute. Où vat-elle chercher ça ? En attendant, souhaitons que ma pension n'ait pas de retard. Etre mise sur la paille par son chat !

S et Wendy adorent entendre la berceuse encore et encore. Wendy a même dit : « On l'écouterait toute la vie. » Entre ses paupières mi-closes aux cils cendrés filtre son regard pâle et brillant. S observe les papillons danser et déclare :

— C'est bon, les papions.

— Qu'est-ce que tu racontes ? proteste Wendy arrachée à son euphorie.

— T'en as jamais mangé ?

— Tais-toi, Soizic.

— N'en ai mangé, moi.

— Il faut pas le dire.

— Si, c'est bon, les papions.

Wendy soupire et je grimace un sourire.

Maintenant, après avoir demandé une fois : « Je peux mettre mon livre et mon cahier sur la table ? », la fillette vient chez nous chaque soir faire ses devoirs et apprendre ses leçons tout en confectionnant un trousseau pour S et en regardant la TV pendant qu'à côté d'elle j'épluche, écosse, pèle, effile, reprise, lis ou fais ma correspondance sur la toile cirée à motifs de plantes sauvages et comestibles, rouges chicorées de mer, clochettes bleues des fausses raiponces, renouées bistortes roses, aches et mille-feuilles blanches, capitules pourpres du chardon Notre-Dame. J'ai eu cette prairie d'intérieur à la vente du château Crux aux

Landes Bertouin, ainsi qu'un gobelet orné de la devise
« *Crux ave spes unica* ». Bon.

Un livre ouvert devant elle et S sur ses genoux,
Wendy tricote un mini-pull corail en murmurant :

— Située à mi-chemin de l'équateur et du pôle, au
centre des terres émergées de l'hémisphère boréal,
j'entends une maille qui file, carrefour de peuplement
et d'échanges, reste tranquille, tu me fais tromper.
Sols bruns podzolisés dans l'Ouest et le Nord.

Je m'enquiers :

— Tu sais ce que signifie « podzolisés » ?

— Non, mais on nous le demande pas.

— Je peux te le dire.

— C'est pas la peine. Oh, le chef d'Arcturus, c'est
un robot ! Regarde ma biche, c'est un cerveau trimo-
teur.

La biche jette sur l'écran un coup d'œil distrait.
Elle n'est capable de concentration qu'à l'affût des
proies. Davantage qu'à la TV, elle s'intéresse au jeu
des aiguilles entre les mains délicates aux ongles
douteux de Wendy, d'autant plus que le vêtement lui
est destiné. Elle a déjà des chaussons de danse ou
espadrilles cerise si astucieusement rembourrées du
bout par notre amie qu'elles permettent à son chou-
chou de marcher debout la plupart du temps, ce que
celle-ci semble considérer comme obligatoire malgré
la fatigue. Je dois avouer que ces souliers rouges me
font une impression sinistre, ils me rappellent ceux
de l'héroïne du conte, qui dansait pendant que sa

mère mourait, et dont le bourreau trancha les pieds. Chassons ces idées absurdes.

Wendy enveloppe son ouvrage dans un linge immaculé comme une nappe d'autel, le range avec livres et cahiers dans le cartable qu'elle boucle sur son dos et qui lui donne l'air d'un ange que ses ailes repliées rendraient bossu. Elle annonce : « On va aller retrouver la garçonnaille. » C'est ainsi qu'elle désigne ses cinq frères, et peut-être aussi son père. De sa mère elle ne parle jamais.

Dans le cas S entre certainement un peu de psittacisme ; elle emploie pour autrui les mêmes termes dont on use à son égard, ce qui donne, quand notre visiteuse part :

— Au revoir, mon lapin.

— Au revoir, mon lapin.

— A demain, ma rose.

— A demain, ma rose.

Le mimétisme de notre sur (ou sous-) douée amuse Wendy mais m'inquiète. S, petite nymphe Echo, ne craint pas de m'appeler, malgré mon âge et ma grand-maternité adoptive, son polichinelle, son pantin et sa poupée. Tant qu'à vivre avec une bête exceptionnelle, je lui souhaiterais plus de discernement et d'autonomie. Mais au fond il est doux d'accepter le ridicule et même de s'y complaire comme saint Philippe Néri qui, chaussé de grotesques souliers blancs, émailla de barbarismes la messe qu'il célébrait devant l'évêque et s'enquit avec jubilation de l'effet produit.

Le ridicule ne tue que le vieil homme, c'est une libération.

Les gestes aussi, S les imite, ou essaie. Wendy la caresse, la chatonne le lui rend avec ses pattes qu'elle qualifie de mains. Menottes aux ongles rétractiles. Wendy gratifie d'un baiser le minuscule nez rose frais comme une goutte de pluie. S pose sur le nez plébéien et charmant de la jeune Coron sa bouche en trompe-l'œil, apparemment toute petite et en cœur, en fait très grande pour une tête si menue, se prolongeant jusqu'au milieu des joues, visiblement destinée à engloutir son butin. Attention, ne tombons pas dans le finalisme. Déjà Goethe recommandait de se demander non pourquoi, mais comment les bœufs avaient des cornes. Hélas, le comment m'assomme, seul le pourquoi me passionne, bien que cette question soit peut-être dépourvue de sens.

*

S a guetté pendant plus d'une heure et débusqué de son terrier un mulot. La demeure s'ouvre par un trou à peine grand comme une pièce de cinq francs, à l'abri d'une touffe d'herbes en surplomb. La victime décrit sur place à toute vitesse plusieurs ronds minuscules. Elle me rappelle un poisson rouge dans la rivière à Mourcreux et qui tournait comme un manège, reproduisant la forme de sa prison passée. C'est le cercle de Viviane bien que le mulot soit Merlin mais son affolement fait de lui son propre geôlier. Piste de cirque parcourue par un coursier traqué, monde sans échappée, sens giratoire inéluctable. S pelote son partenaire, l'enfant remonte sa petite voiture. Aux trois quarts assommé, le moribond fait quelques pas menus, chicote « Ui ! Ui ! » comme s'il acquiesçait à son supplice. L'ogresse pousse, un diapason plus haut, les mêmes cris que sa proie, « Oui ! Oui ! Hi ! Hi ! », l'observe avec intérêt, lui donne du champ. Le martyr reprend espoir, se tapit sous une motte. S l'oublie, puis se souvient, cherche à droite, à gauche, retrouve sa conquête, d'une morsure l'incite à jouer encore. Le mulot se traîne vers la grange, le refuge, le salut peut-être. Après lui avoir laissé une bonne avance, d'un bond sa persécutrice le rejoint et le couche sur le flanc. Il esquisse de faibles mouvements, veut se remettre d'aplomb, ses doigts fins comme des brins de fil se crispent. S, d'abord toute penaude qu'il ne s'amuse plus avec elle, en prend son parti, le lance et le relance très haut, lyriquement, enfin vient le déposer sur le seuil, avec le respect qu'on éprouve pour les mécanismes qu'on a détraqués et ne sait pas réparer.

Le corps porte des traces de dents à la base du crâne, lui-même a des dents très blanches plus petites que des grains de riz. Sa fourrure est douce au toucher et au regard, couleur de noisette, de cannelle, de chamois, en teintes délicatement dégradées. Malgré son museau pointu, il ressemble à un chat. Perd ses tripes et ses boyaux comme le roi Renaud. Au feu. C'est ainsi que je voudrais être incinérée, totalement, sans cette grotesque potiche où l'on conservera – à quelle fin et jusques à quand ? – mon résidu. Columbarium : pigeonnier. Pigeons pulvérulents.

*

Pour la première fois, S a attrapé un moineau, en un instant. Elle a regardé fixement un point dans la haie et fait un bond de presque la largeur du jardin. Le moineau a été tué sur le coup. Mon enfant est rentrée ailée de moustaches plumeuses. A essayé de jouer avec sa proie puis l'a mangée, sauf la tête et quelques plumes, en émettant un grondement rauque, si différent d'elle qu'il semblait un phénomène de ventriloquie. Se souvient qu'elle fut tigresse, quand elle était grande.

Le long de la plate-bande, une chenille brune somptueusement velue avance en formant une suite d'arcs romans grâce à la réunion, à la séparation, à la réunion de ses deux extrémités. S suit cette créature aussi angora qu'elle, un pas félin pour chaque grand écart de la larve. Soudain, mue par un invisible parachute ascensionnel, ma fille saute verticalement au-dessus de la petite chienne, comme l'appelaient les Romains, et retombe sur elle en piqué, la tuant net. Epouvantée par le cadavre, la chasseresse s'enfuit, fait des bonds de gazelle poursuivie par un fauve. Le vent agite l'herbe et son pelage. Elle se blottit dans le lierre de la haie où ses yeux semblent eux-mêmes deux feuilles de lierre.

*

Cet animal répète :
— Veux lire.
— Tu sais à peine parler.
— Veux lire.

L'entêtement lui tient lieu de dialectique. Je m'arme de patience. (La patience, une arme ? Plutôt une béquille.)
— Veux lire.

Ma bête ouvre maladroitement un petit livre envoyé par une ancienne élève devenue jardinière d'enfants, tape sur la page et ordonne :
— Lire.

L'illustration représente deux moutons frisottés, l'air hébété par le texte :

Attention, petit ourson.
L'enfant Do dormira bientôt.
As-tu vu Manon chercher ses moutons ?

J'articule en détachant les syllabes. Réaction déconcertante :
— Suis pas un ourson.
— Il ne s'agit pas de toi.

L'idée qu'il puisse ne pas s'agir d'elle la suffoque. Elle en reste gueule bée et s'obstine :

— M'appelle pas Manon, m'appelle Soizic.

— Manon n'est pas toi, c'est une bergère.

— Y a pas de bergères.

C'est vrai. Les moutons d'aujourd'hui se gardent tout seuls, ceux d'autrefois devaient être immatures. Il faut dire aussi que les fils électriques issus d'une centrale en boîte, transportés de pré en pré, sont dissuasifs.

A force d'ergotages et de discutailleries, S parvient à « déchiffrer » les trois lignes :

— « Tantion, nourson !

So dormira bientôt.

T'as vu Grand-man chercher ses boutons ? »

Elle conclut triomphalement :

— Sais lire.

Evidemment, pour un animal, ce n'est pas si mal. Indulgente, je dis :

— Ah bon.

— Veux écrire.

Il faut lui tenir la patte, maintenir le crayon entre ses embryons de doigts. Je propose :

— Commençons par l'abc.

Elle écrit comme un chat, bien sûr, expression proverbiale qui semblerait indiquer que ma bête n'est pas seule dans son cas.

Très vite elle se lasse de tracer des lettres et annonce :

— Vais crire toute seule.

Tirant sa petite langue rouge, louchant à force d'application, elle traîne le stylo sur la feuille comme elle ferait d'un jouet sur le sol. Au bout de quelques minutes, c'est avec une certaine stupeur que je vois, tracé de sa propre patte sans une seule faute : « La sangsue a deux filles : Donne ! Donne ! »

S ne me laisse pas le temps de m'extasier, elle demande d'un air candide :

— Que ça veut dire ?

— Tu ne comprends pas ce que tu écris ?

Visiblement vexée par ma question, la chatonne, au lieu de répondre, se lèche avec affectation, passe lentement plusieurs fois sa patte par-dessus son oreille. Cette mégalomane s'imagine provoquer ainsi la pluie, alors que je dois accrocher la lessive sur les fils du jardin tendus du cerisier au cognassier, du cognassier aux pruniers, réseau par où on imagine les arbres échangeant des messages télégraphiques :

BANDE SANSONNETS APPROCHE NORD-NORD-OUEST. MONTMORENCY.

INDISPENSABLE EXIGER ÉPOUVANTAILS PRINTEMPS PROCHAIN. GÉANT DE VRANJA.

MIEUX VAUT ENTRETENIR OISEAUX (MUSIQUE) QUE FOURNIR BREDAINE CONFITURE. MESSIEURS HÂTIFS.

MUSIQUE VENT SUFFIT. SOMMES HARPES ÉOLIENNES. MONTMORENCY.

SOL MANQUE POTASSE. DEVRIONS RÉCLAMER PURIN, POUDRE D'OS. GÉANT DE V.

SOMMES MAL ÉMONDÉS. GOURMANDS. BREDAINE PEU CAPABLE. MESSIEURS HÂTIFS.

HERBE VOLE NOTRE NOURRITURE ET EAU. GÉANT.

DÉSIRE GREFFE À ŒIL DORMANT AVEC JEUNE GUIGNE RAMON OLIVA OU MARMOTTE. MONTMORENCY.

S a maintenant tout un trousseau confectionné par Wendy les doigts de fée : jean à quatre poches avec un trou pour la queue, bottillons en peau de lapin, dépouille d'un des pensionnaires de la famille Coron, écharpe tricotée à partir de mon écharpe détricotée à cette seule fin, blouse de macramé avec ange devant et derrière obtenue grâce au raccourcissement d'un des rideaux de vitrage. La fenêtre a maintenant l'air de cligner de l'œil, comme naguère la mère Herbe, et les deux chérubins qui prennent S en sandwich paraissent dépaysés.

Quant au proverbe salomonien de la sangsue et de ses deux filles, ma chatte semble se comporter comme un médium mais je refuse cette idée absurde. La croyance au spiritisme est l'effet du matérialisme le plus grossier, d'une incapacité de concevoir ce que pourrait être un esprit.

*

L'école est à Buthoire, le collège au bourg. Deux fois par jour le car scolaire passe devant chez nous, chargé d'une dizaine de garçons et filles de six à seize ans. Suivant les heures et les saisons, il se distingue à peine dans la brume, baleine fantomatique pleine de petits Jonas, fruits des amours du cétacé et de son captif, ou il fonce, claironnant, à la conquête du savoir, semble improviser le chemin, ses épines, ses corolles, ses bouses.

A travers les vitres on aperçoit des écoliers sages, penchés sur un livre ; d'autres le nez écrasé contre le paysage, d'autres affalés ou blottis comme pour un exode. Des plus jeunes n'apparaissent que les têtes, angelots dépourvus de corps ou saints Jean-Baptiste prématurément décapités.

Le car traverse la forêt comme s'il voulait perdre ses passagers. Les camionnettes des fournisseurs suivent le même trajet, on a l'impression qu'ils proposent là-bas leurs marchandises, onguents pour les gélivures des écorces, cousettes pour les ronces, romans d'amour pour les éphémères, sel pour la source, pommes de terre pour les sangliers, verroteries pour les oiseaux, chronos pour les champignons, sac de voyage pour le tronc abattu couvert de chiffres, de lettres et qui ressemble à un train, amulettes pour les arbres morts.

On paie en espèces : terreau, copeaux, drageons, mailletons, scions, surgeons.

Le soir, au-delà de Falourde-Hameau, le car devient transport d'un seul enfant : il ne ramène plus qu'Etienne Réquier, neuf ans, à la ferme des Bournes. Le véhicule évoque alors, démesurément grandi, le sac où la servante de Gilles de Rais charriait les petits garçons, ou celui des psys enfouissant leurs jeunes patients dans l'espoir de les faire naître à nouveau.

Parfois le car est vide, plein d'enfantômes.

Dès qu'elle entend le roulement attendu, S se poste derrière le portillon dans une attitude aussi humaine que possible, debout, cambrée, longue, vêtue comme pour aller en classe. Elle réussit à se faire plus grande qu'elle ne l'est et va même jusqu'à brandir un cahier couvert de ses gribouillages et son livre de chevet, *Emeraude et Pattemouille les deux grenouilles* qui tombent dans une jarre de lait où Emeraude pleurniche et crève tandis que Pattemouille baratte si bien qu'elle finit par se trouver au sommet d'une motte de beurre. Je me garde d'attrister S, ravie de cet happy end, en lui demandant ce qu'une grenouille peut bien faire d'un tas de beurre, d'autant plus qu'il recèle le cadavre de sa compagne – ou de son compagnon. Irréalisme de notre langue pour laquelle toute grenouille, hirondelle ou libellule est du sexe féminin, tout crapaud, hérisson, papillon, mâle. Pour les escargots, lis, noyers qui bénéficient de l'androgynie, devrait exister un troisième genre. Quant aux objets, un couteau, une cuiller, un marteau, une soupière, on peut comprendre. On comprend. Mais pourquoi un seau, une échelle, une scie, un tonneau ? Sur ce point les Anglais, qui mettent les choses au neutre, sont moins fous que nous. C'est seulement par un sentiment d'affection compréhensible chez des insulaires qu'ils parlent des bateaux au féminin.

Est-ce aussi par tendresse que le boulanger, commentant les informations données par son auto-radio, déclare : « Il faut prendre l'argent là où elle est » ?

*

Pour tenir les objets, mon enfant est obligée d'y enfoncer ses griffes, alors elle les abîme. Le bois de son crayon « à dessin » porte même les traces de ses crocs, plusieurs petits creux profonds. Elle est moins douée que certains handicapés qui écrivent et peignent avec la bouche ou le pied, ou même que ce singe auteur d'une peinture tragique représentant les barreaux de sa cage. Les croquis faits par ma chatte ne ressemblent à rien, sans pour autant être des abstraits. Plutôt que des semi-figuratifs, ce sont des semis ébauchés de grêlons flous, de traits discontinus à vau-l'eau.

Aucun des jeunes passagers du car ne remarque l'animal aberrant qui voudrait tant se joindre à eux.

Wendy, élève de sixième au CES du bourg, est emmenée en voiture par M. Cabus en même temps que ses enfants, Michaël et Audrey. L'aura de certains êtres est étonnante : notre amie aux vêtements usés a l'air d'être transportée par son chauffeur. Michaël et Audrey, plus âgés qu'elle et confortablement habillés, paraissent ses protégés.

Un crapaud minuscule s'est réfugié je ne sais comment dans l'encoignure derrière l'échelle. Sa combinaison de cosmonaute contraste avec ses mains de bébé aux doigts écartés. Extraordinaire élongation dont ses jambes sont capables. S ne l'a pas vu, tant mieux. Souhaitons qu'il retrouve la clé des champs.

*

C'était à prévoir : un matin, après avoir posé devant le car en parka pistache, mon enfant chat déclare :
— Veux aller à l'école.
— A l'école ? Tu ne peux pas.
— Peux.
— Tu n'as pas besoin d'aller à l'école, mon trésor. Tu as tout ce qu'il te faut ici.
— Veux.
— Parles-en à Wendy, tu verras ce qu'elle te dira.

La collégienne accueille le projet avec le sourire mais ses yeux s'embuent et deviennent presque aussi

mauves que les colchiques dans nos prés à Mourcreux.

— Ce n'est pas drôle, l'école, mon biquet, ça ne
sert à rien.

— Veux pas que ça serve.

— Les voyous de Buthoire, ils jettent des pierres à
ceux de Beaufles.

— M'en fiche.

— Tu fais des phrases à la va-comme-je-te-pousse.

— Non.

— Tu ne dis jamais je, il faut dire je.

— Veux pas.

— Pourquoi tu ne veux pas, tête de mule ?

— Peux pas.

— Menteuse !

La discussion, la dispute transforme la gracieuse
Wendy en harpie à la voix aigre et S en tarasque
naine, le dos crénelé.

Par instants, l'affrontement fait place à un tendre
duo :

— Dis : jeu de ballon.

— D'ballon.

— Dis je, ma poule.

S fait un énorme effort, ouvre et referme la gueule
plusieurs fois avant de lâcher :

— Feu !

— Quelle bourrique ! Tu ne devrais plus penser à
l'école.

Alors S recourt à son arme infaillible : ses deux

pattes, ses deux petits bras de fourrure autour du cou de Wendy, elle miaule et murmure :

— N'école, te plaît, bijou. Ma fleur !

— Allons, concède à regret la fillette, je parlerai à Mlle Jourdieu, c'est l'instit des petites classes. Elle m'aimait bien, je ne suis pas mauvaise élève, je lui apportais des pieds d'estragon, des replants de fraisiers, des graines de tout. Elle est pas méchante, elle me payait dix francs tous les samedis pour balayer la classe.

*

Wendy nous informe que Mlle Jourdieu consent à nous recevoir mais ne promet rien. Il paraît déjà loin, le temps où j'espérais dissimuler à tous l'anomalie vocale de ma petite.

J'ai encordé à son intention sur le porte-bagages de ma bicyclette un koala-siège acheté par correspondance aux Quatre-Anglais. C'est en cet équipage que nous irons à Buthoire, grandesse ou pas. Comme dit M. Songe, Buthoire c'est Buthoire et Beaufles c'est Beaufles. Exactement le principe d'identité appris dans ma jeunesse en classe de philo : A est A et non pas non-A.

Nous hurlons chiffons. Pénible querelle. S veut se présenter à son instit *in spe* dans sa cape orange et sa robe de jersey rose, j'exige qu'elle mette son kilt, son pull à col roulé et sa vareuse bleu marine, nous sommes assez grotesques comme ça. L'idiote n'en démord pas : Veux. Veux. Veux pas. Non. Non. Non. Si. Si. Cape. Cape. Cape. Robe rose, pas cossaise.

Je pourrais l'étrangler.

A bout de souffle, nous transigeons : cet animal mettra son kilt et sa cape, l'orangé de celle-ci jurant atrocement avec l'écossais jaune et rouge de celui-là, mais S n'a aucun goût, pauvre minou si jolie même quand elle est fagotée.

Ce soir Wendy arrive accompagnée d'un petit garçon aux cheveux rouges, le rose de ses joues à peine visible entre les taches de rousseur, comme un ciel que cacherait la multitude des étoiles. J'ai déjà aperçu dans la rue parmi d'autres gamins la boule rutilante qui lui sert de tête.

Notre amie fait les présentations avec grâce :

— Mon frère Geoffroy (tiens, un prénom français, comme c'est bizarre), il a sept ans, il est élève de Mlle Jourdieu. Mme Bredaine qui a été professeur et même davantage (?) et qui m'aide pour mes devoirs (c'est faux). Soizic Bredaine, qui va peut-être aller à l'école avec toi.

Fermant sa dextre fine deux fois baguée – un cœur minuscule et un trèfle à quatre feuilles –, elle la fourre sous le nez de son cadet et prévient :

— Soizic, c'est ma petite copine. S'il lui arrive quelque chose, je te fous mon poing sur la gueule.

— Oui, acquiesce Geoffroy.

— Maintenant file, ordonne la fillette en posant la

main sur la broussaille rousse, il faudra que je te recoupe les tifs. Dis au revoir, voyou.

L'enfant ne sait trop s'il doit dire au revoir ou filer. Enfin il articule :

— Au revoir, madame Bredaine. Au revoir, mademoiselle Bredaine.

Et décampe si vite qu'il donne l'impression de passer à travers la porte fermée.

— Il n'a pas inventé l'eau chaude, commente sa sœur, mais il saura te défendre, ma Zizique.

Je demande :

— C'est toi qui lui coupes les cheveux ?

— Tous mes frères je les coupe. Pour rien, sauf Frank, c'est mon aîné et il gagne un peu d'argent au garage, je lui prends un franc.

S, émue d'avoir été appelée mademoiselle, se campe devant la glace en répétant :

— Au revoir, oiselle Bredaine. Au revoir.

Et elle s'éloigne lentement après avoir confié aux profondeurs du verre l'image d'une vraie personne.

*

J'ai beau pédaler lentement, ma passagère est terrifiée, malgré les sangles qui la maintiennent sur son siège. En tournant la tête je vois ses griffes enfoncées dans la tête de son koala, sa gueule hagarde sous le bonnet-chat azur confectionné au crochet par Wendy qui regrettait de devoir faire, « à cause des oreilles », un ouvrage démodé. Cette presque adolescente, peut-être nubile déjà, porte sans amertume des nippes, à condition qu'elles soient au goût du jour. Ne pas se laisser distancer par les temps qui courent. Etre dans le vent, d'où qu'il souffle.

Quand j'arrête devant l'école, S grince : « Conne ! », ce qui est un comble. Je feins de n'avoir rien entendu. Dans la cour vide à cette heure, Mlle Jourdieu vient à notre rencontre. Une légère boiterie lui donne une allure dansante, charme accentué par sa chevelure mousseuse couleur de champagne.

— C'est cette jeune personne qui voudrait tant venir à l'école ?

— Vi.

— Je ne peux la prendre que comme élève libre et à l'essai, comme auditrice. Elle n'a certainement aucun papier d'identité, et que dirait l'inspecteur ?

— Elle a son carnet de santé.

— Mais pas d'extrait de naissance, bien sûr. Tu seras très sage ?

— Vi.

— Je vais vous montrer la classe.

Les vitres des deux baies sont invisibles à force de transparence. Troublant que pour le verre la perfection consiste à paraître ne pas exister. Chaque coin s'orne d'un autocollant : edelweiss, tortue, nénuphar, étoile de mer. Les autres images sont plus mystérieuses, homme-grenouille ou grenouille, ananas ou paillote ?

Sous une Marianne d'un blanc virginal, le bureau

de la maîtresse porte à droite une jacinthe rose, à gauche le monde sur pied nickelé.

Le tableau de verre vert aux séductions de piscine indique d'une écriture moulée la date de demain, suivie de la maxime : « La nuit porte conseil. »

Sur le mur latéral une planche représente des oiseaux, geai brun clair, coucou au dos gris, loriot jaune et noir, fauve fauvette, bouvreuil au ventre rose, roitelet à la huppe orange, pivert à la tête rouge. Ils sont si réalistes que, je voudrais ne plus y penser, en les regardant S s'est léché les babines et il me semble bien que son geste n'a pas échappé à Mlle Jourdieu.

En revanche mon monstre ne paraît pas voir, sur le mur du fond, la fillette à la gerbe de Renoir et l'Arlequin assis de Picasso flanquant le paquebot *France*. Je me rappelle mon absence de salle au collège Germain-Nouveau. Le directeur assisté de Mme le Proviseur piquait des épingles dans des quadrillages diversement colorés, comme un bambin de la maternelle, pour combiner les disponibilités des lieux, des temps et des êtres. Il fallait participer à un roulement perpétuel dans les couloirs et escaliers, une incessante migration de pièce en pièce, de préau en atelier, de réfectoire en bibliothèque, condition indispensable, disait-on en haut lieu, pour que pût se dispenser la culture. Ce n'étaient pas les trois-huit mais les quarantièmes rugissants.

Il m'arrivait de commenter *Phèdre* ou *Athalie* dans la salle de sciences naturelles, entre le squelette et l'écorché dont la présence exacerbait le tragique racinien. Nous avons étudié *le Cid* dans un vestiaire où, du coup, les manteaux et imperméables accrochés prirent des allures de Maures pourfendus.

Dans la salle de couture, le mannequin, plus impressionnant encore que ses deux frères d'os et de carton parce qu'acéphale, présidait aux dictées et exercices, illustrant par son absence de tête l'absurdité de notre orthographe, qu'on devrait qualifier d'hétérographe.

Si petits que soient bancs et tables, ils ne sont pas du tout à la taille de S, ce que ne manque pas de faire remarquer Mlle Jourdieu.

— Bottins, dit ma fille chat.

L'institutrice rit, ce qui met un rai brillant sur son visage agréablement chiffonné.

— Entendu, viens lundi prochain, que j'aie le temps de prévenir tes futurs camarades.

Nous sommes allées trouver, dans sa maison préfabriquée portant au fronton les lettres C.O.K., Marcellin Cormerets, chauffeur du car scolaire, pour le préparer, lui aussi. S s'accroche à ma jambe comme un bébé dont elle n'est pas si différente.

Mlle Cormerets, occupée à fourgonner sa cuisinière, nous jette un regard désapprobateur par-dessus son épaule pointue. Le fils Cormerets, agrippé au bastingage de son parc, nous dévisage sans aménité. Je récite quelques phrases préparées avec soin :

— Nous venons de voir Mlle Jourdieu, c'est entendu

avec elle que cette petite (j'abaisse les yeux sur le bonnet aux oreilles pointues) ira en classe à partir de lundi. Je vous la recommande, monsieur Cormerets. Comme vous passez devant chez nous, vous voudrez bien arrêter pour la prendre.

Et je lui graisse la patte, un billet de cent francs plié en quatre. Il empoche comme si c'était son dû, en grognant :

— Pas de chahut, je ne veux pas d'emmerdes.

Nous sommes sûrement la fable de tout le pays mais au fond, qu'importe.

S ravie n'a plus peur dans son panier-koala emporté à assez vive allure et babille :

— Ça, c'est un arbre à grimper. L'arbre creux sera ma maison. Peux passer sous les clôtures, moi. Les mûres, c'est pas bon, c'est pour les grandes personnes. Les vaches, le lait, elles ont pas besoin, pour leurs enfants ? On est des robots, Gand-man ? Wendy dit, Dieu fait tout ce qu'elle veut mais faut pas demander trop difficile, alors ya un Dieu de Dieu ? Dieu connais, c'est un agneau, Wendy a dit. Attraperai.

A l'arrivée j'ai la tête comme un seau et S réclame une crème renversée pour fêter son admission à l'école. Chatteries.

Elle passe la fin de la semaine à se préparer, ressasse *Emeraude et Pattemouille les deux grenouilles* comme si elle allait subir un examen portant sur ces batraciens, couvre son cahier de signes cabalistiques qu'elle prend pour des lettres. (Le coup du proverbe biblique ne s'est pas reproduit. En fait, ma diablesse est à elle seule la sangsue et ses deux filles répétant : « Donne, donne. » Aimable trinité.)

La maniaque plie, déplie, replie, en fait froisse ses vêtements rangés dans une caisse peinte en maison par Wendy : fausses fenêtres aux volets verts, fausse porte ornée des mots « Villa Soizic », couvercle en façon de toit-terrasse, avec cactées de carton collé et bouchons figurant des tabourets rustiques.

Lundi à sept heures vingt, j'attends avec S devant chez nous et le car s'arrête, je n'y croyais pas vraiment.

Ma fille escalade le marchepied plus lestement que les enfants mais d'une autre manière. Elle a omis de me dire au revoir, ne m'a même pas jeté un regard. Il n'y a pas à dire, un chat est un chat. « J'appelle un chat un chat » prend pour moi un sens neuf, littéral.

Voilà, elle est partie. La journée stagne dans un vide angoissant. J'allume un brasier au fond du jardin, ajoutant des poignées d'herbe sur le feu comme on recouvrirait un enfant la nuit ou un homme tué. Fumée gris perle, gris souris, dorée, bleutée, blanchâtre. L'odeur des feux champêtres reste liée pour moi à celle de l'encre violette dans les godets de porcelaine blanche dont les rebords étaient toujours tachés par l'essuyage des plumes d'acier – et à celle des pommes tapées contre le mur de la cour pendant les récréations pour en faire sortir le jus. Le 1er octobre, avec son parfum de rentrée, marquait le début de la véritable année, le Jour de l'An n'étant qu'une affaire d'adultes.

Enfin, à cinq heures moins le quart, le roulement espéré, S saute directement du car par-dessus le portillon, ce qui est une performance mais déconcertante. L'écolière chat semble soucieuse. J'évite de la questionner. Elle feint d'apprendre une leçon ; Mlle Jourdieu lui a prêté un livre de lecture : « Lucas a bu du chocolat. Lucas a mangé un baba », ce qui, ânonné par mon enfant, devient : « Lucas est chocolat. Lucas est baba. »

Bientôt arrive Wendy, plus pâle que jamais, l'air à bout :

— Tu en fais de belles, Geoffroy m'a tout raconté.

— Pas vrai.

— Pas vrai ? Pas vrai quoi ? Pas vrai toi-même. Tu griffes les autres, Mlle Jourdieu a dû désinfecter la Daisy Lenclume, c'est mauvais la morsure de chat.

— M'a appelée andouille.

— Pas une raison, un peu plus tu lui crevais les yeux, et qui devait payer ? Ta grand-mère.

— N'irai dans un cirque pour gagner de l'argent à Grand-mère.

— Arrête tes salades, tu veux ? Ta grand-mère peut pas se passer de toi, tu le sais bien.

Tout en écossant nos rois des verts, je vois à la dérobée le visage de S se gonfler de satisfaction à l'idée de ma souffrance si elle partait.

— Quand les autres t'ont demandé qui c'est tes

parents, s'enquiert Wendy, pourquoi t'as répondu Emeraude et Pattemouille ?

— C'est Emeraude et Pattemouille.

— Tu te fous de moi ? Emeraude et Pattemouille, c'est deux grenouilles et en plus elles n'existent pas.

— C'est mes parents.

— Je m'en vais, Soizic, et je ne reviendrai plus.

S s'assied sur les pieds de Wendy pour l'empêcher de partir, de ses petites pattes velues embrasse les chevilles de la fillette en l'appelant « mon bijou, mon oiseau, mon lait ».

— Ça ne prend pas, dit Wendy d'un ton froid.

Deux minutes plus tard elles font une partie de dominos. S pousse les dés avec maladresse mais ne joue guère plus mal qu'une autre. Seulement chaque soir apporte sa moisson de chardons. Mardi : Geoffroy, usant de la formule familiale, a dit à Andrew Fortin qui miaulait pour faire enrager S : « Fous-lui la paix ou je te fous mon poing sur la gueule. » Andrew a répondu : « Il te faudrait un escabeau. »

Mercredi, S voudrait mettre à profit son jour de congé pour faire des additions : 2 + 1 = ? et demande :

— Deux quoi plus un quoi ?

— Deux n'importe quoi plus un n'importe quoi. Deux et un. Le chiffre 2 et le chiffre 1.

— Deux vaches plus une pomme, ça fait quoi ?

— Ça fait trois.

— Trois vaches ou trois pommes ?

Nous n'en sortirons pas.

— On ne peut pas additionner des vaches et des pommes.

— Pourquoi on peut pas? Peux. Quand sera grande, te donnerai une auto et un toton, ça fera deux cadeaux.

— Merci ma chérie mais ça ne fera pas deux autos ni deux totons. Pour les vaches et la pomme...

— Ça fait deux pommes vaches.

Certains chevaux savent compter et cette créature douée de parole en serait incapable? Peut-être justement sa capacité langagière l'entraîne-t-elle à ergoter plutôt qu'à se concentrer.

Jeudi. Wendy :

— A la cantine tu manges que la viande ou le fromage et tu essaies de voler ceux des autres.

— Faim.

— Mon œil.

— Pas ton œil.

— Tu me les casses.

— Non, pas te les casse.

— Je te jure bien que si.

— T'es un chien.

— Ça, c'est la meilleure. L'housteau qui se fout de la charité. Toi, tu ressembles comme deux gouttes d'eau à un griffon.

Etc., etc., pendant une heure d'affilée.

Vendredi :

— Tu demandes à sortir et au lieu d'aller faire pipi tu grimpes en haut du platane. On t'a vue.

— Voulais voir le pays.

— Il faut pas appeler la maîtresse « ma puce ».

— M'a appelée « ma puce ». L'aime, oiselle Jourdieu.

— Oui, eh bien essaie de la respecter.

— La becqueter ?

*

Samedi le beau Rodolphe me tend une enveloppe coquille d'œuf couverte d'une écriture bleue un peu dansante, un peu boitillante. Avant même d'ouvrir, j'ai compris :

> *Chère Madame,*
>
> *Je me suis déjà attachée à votre petite Soizic, si intéressante. Malheureusement il n'est pas possible qu'elle continue à venir à l'école où sa présence, pourtant charmante, trouble le cours de la classe, entraîne dissipation et réactions diverses.*
>
> *J'espérais que Soizic deviendrait notre mascotte, des impondérables en ont décidé autrement. Plusieurs de mes élèves et moi-même la regretterons vivement mais il est préférable pour elle de poursuivre ses études à la maison, sous votre direction. Heureusement Wendy Coron, enfant très méritante, sera là pour lui tenir fréquemment compagnie.*
>
> *Croyez-moi, chère Madame, avec toute ma sympathie et une caresse à Soizic, votre dévouée*
>
> *Valentine Jourdieu.*

J'en veux à S du chagrin qu'elle va avoir. Ce que l'institutrice appelle suavement des impondérables, c'est le caractère de cochon de ce chat. La scolarité de mon petit prodige aura duré huit jours.

Elle se catapulte hors du car. Où sont passés son anorak et son beau cartable ? Comme une furie elle se précipite à la maison, arrache ses souliers, ses vêtements qu'elle jette çà et là, se laisse tomber sur ses quatre pattes et lance un miaulement rauque.

— Mon trésor...

De sa patte sur ma bouche, elle m'impose silence.

La table est mise, nos deux assiettes à paysages bleus, le gobelet *spes unica* de S, mon verre, le couvert d'enfant de ma chatte et le mien, la carafe d'eau, le pain de campagne livré trois fois la semaine par Jean Aubret, le boulanger des Landes Bertouin. Chaque fois je serre contre mon cœur le doux ventre rond de la miche et suis couverte de farine comme si je devenais moi-même pain. Serviette à rubans rouges de S et la mienne, chacune dans un rond de bois verni, il ne faut pas se laisser aller.

Je dépose le fait-tout sur le dessous-de-plat fêlé qui autrefois à Mourcreux égrenait la ritournelle de *Nuit Jour* :

Le jour trempe sa soupe, la nuit en poupe.
La nuit cuit ses poulpes, le jour en croupe.

S bondit sur la table, envoie dinguer par terre son assiette qui se brise en morceaux irréparables. La forêt bleue à la clairière ronde. Dominant ma contrariété, je dis d'un ton engageant :

— Un bon miroton.

S soulève le couvercle, attrape la viande, laisse retomber le toit de terre sur les légumes esseulés, saute sur le carrelage, sa prise entre les crocs, et se met à la déchiqueter. C'est normal, ne pouvant être une vraie enfant elle se veut vraie chatte. Peut-être mieux ainsi. N'empêche qu'en ramassant la forêt détruite, je sens mes yeux suinter. Ce qui me fait peut-être le plus mal, c'est de penser à Wendy quand elle verra qu'elle a perdu sa camarade.

Maintenant S, hier encore si pudique, est en train de déféquer avec ostentation au beau milieu de la pelouse. Elle gratte le sol aussi sauvagement qu'elle a bouffé notre viande et mâchonne le ray-grass. Mon gazon transformé en commodités et herbe à chat.

Wendy est vraiment à la hauteur de toutes circonstances, si perceptive qu'on songe à une sibylle. Informée par Geoffroy du renvoi de S, elle a tout de suite prévu le retour à la félinité de celle-ci, arrive sans l'ouvrage commencé – un pyjama en coton perlé saumon – mais avec un raton de caoutchouc qu'elle jette par terre en disant :

— Tiens, minette.

Puis se plonge dans ses mathématiques modernes comme si de rien n'était. Son naturel touche au surnaturel. S lance le raton en l'air, le reprend, le relance, mais le cœur n'y est pas. On sent qu'elle voudrait parler, et a fait vœu de silence. Trappistine.

*

Le bruit s'est répandu : « La chatte à Mme Bredaine cause plus », « La Soizic dit plus rien », « Elle s'exprimait bien, pour une bête », « A présent c'est un animal comme tout le monde ». Dommage qu'on ne puisse fermer les oreilles comme on ferme les yeux. Ma petite fait figure d'idiote du village parce qu'elle a mis fin à un verbalisme qui correspondait peut-être à son âge ingrat. Il nous reste Wendy, sa présence quotidienne discrète et tutélaire.

Le pays porte une pèlerine de brume. Les prés sont une mer de nuages sans plus de barrières ni de barbelés. Les arbres naviguent à l'estime. Le soleil rose et brillant dans le brouillard, apparemment peu élevé au-dessus du sol, semble accessible.

Chaque craquement du bois dans la cheminée est une joie. Contre les murs de la grange, les bûches venues de la forêt voisine sont alignées, superposées comme des livres dans une bibliothèque. Il n'y en a pas deux pareilles : baguettes, fûts, droites, branchues, bourgeonnées, torses, éclatées, champignonneuses, hérissées, crevassées, brunes, grises, plombées, pommelées, baies. Les siamoises gardent leur gémellité jusque dans les flammes comme les escargots accouplés qui restent unis dans leur brûlant bouillon d'onze heures. Noces hermaphrodites.

La reine monte à sa tour plus haut qu'elle ne peut monter, chantait la petite fille des voisins à Etcheparry : S escalade l'échafaudage en une seconde, gagne le faîte, s'allonge langoureusement, Mme Récamier sur une poutre.

J'emporte le plus de bûches possible entre mes bras et, agenouillée à la maison, pour avoir des broutilles d'allumage, je les dépèce, refaisant les gestes de ma grand-mère préhistorique quand elle écorchait le gibier.

Certaines des condamnées quittent leur écorce comme les serpents leur peau, d'autres ne se laissent entamer qu'à l'arraché, certaines se scindent, révélant un for intérieur doux et pur ; c'est du hêtre. J'éprouve à les dénuder autant de plaisir, peut-être plus encore, que Francis Ponge à peler les pommes de terre cuites. Les épiphloses, séparées du liber, sont particulièrement captivantes, elles s'enroulent en tuyaux d'orgue où entre le feu.

— M. Beauvillain nous a quittés, pauvre homme, dit M. Passerin, eh bien sa cheminée ne brûlait que le bois de pommier.

Gabriel Beauvillain, soudeur déprimé, est mort le mois dernier, laissant une femme et quelques moutons.

— On coupe les pommiers comme ça ?

— Les gros, les vieux, on les abat.

— Vous, vous ne brûlez pas du bois de pommier ?

— On le garde pour cuisiner, ça donne un goût de pomme. Autrement tout y passe du moment que c'est coupé à la longueur du mirus pour regarder la télé.

M. Passerin fait l'éloge de la cargaison que son tracteur déverse devant la grange :

— Ni trop fin ni trop gros, ni trop long ni trop court, c'est du bois bourgeois.

En revanche les forestiers, à qui revient toute bûche supérieure ou inférieure à un mètre, me livrent des grumes, des billots, des branches.

— C'est du bois d'ouvrier, les gars se démerdent, mais c'est pas du mauvais bois, concède notre voisin du ton de « c'est pas un mauvais bougre » en palpant affectueusement un rondin. Je reviendrai avec ma tronçonneuse.

M. Passerin part en remarquant : « Il fait froid, avec ce putain de vent. On n'a pas de lune. »

Une audacieuse et candide primevère vient de fleurir, ce vingt-deux novembre. Croit n'avoir rien fait d'extraordinaire. Va pas tarder à crever. Les feuilles tombent en rafales, la bise, qui est aussi un baiser malgré sa dureté, violente les nuages. S vient me souffler au visage son haleine puante de mangeuse de cadavres, mais mon amour est inconditionnel, sinon ce ne serait que de l'affection. Tant de sentiment pour un être qui n'est même pas humain. Je lui dis « mon cochon d'Inde et de partout, ma violette de Parme et d'ici, mon Iroquoise, ma négrillonne, ma blanche fleur, jolie brune, jolie rousse ». Elle ronronne approbativement et s'assied sur mon livre. J'en suis réduite à lire autour d'elle, ce qui donne des textes lettristes :

Tous les pers.................. êves représentent
comme ceux du rom .... moindre doute
la main de glo .... chaque aurore.
L'imaginaire éter .... ille marionnettes
sauf si la forêt du song .... démonium.
Chercher Dieu .... radis.

A la haute patte sur mes papiers. On dit de la passion pour un animal : « C'est compensatoire. » Mais tout est compensatoire ; on a des enfants comme remèdes contre la condition mortelle, des amis faute d'absolu.

Quand la rôdeuse est partie par les chemins et que je commence à m'inquiéter, le frôlement de ma jupe contre ma jambe, un souffle, un rien me fait croire que c'est elle enfin revenue. Quelquefois je la retrouve à la lisière du pré Bolduc, plein tantôt de vaches, tantôt de corbeaux. On dirait que les mêmes êtres deviennent alternativement oiseaux et ruminants. Le ciel gris touche les labours bruns. Sans transition, un matin, tout est blanc. Des chats furtifs se risquent sur la neige. S essaie de sortir par la porte du fond, croyant qu'elle s'ouvrira sur une autre saison. Dans le poulailler Passerin, le dindon blanc, suivi de ses deux dindes noires, marche sur une terre nouvelle.

— Le mois de février c'est le plus court, mais c'est le plus long, dit le facteur.

Le rouge-gorge pour qui je mets des miettes sur le seuil quand S dort me dévisage avec intensité et vigilance. Suis-je un prédateur ? Curieux que des yeux guère plus grands que des points, tout à fait opaques et uniformes, aient tant d'expression. Sa gorge n'est pas rouge, mais rouille. Ses pattes sont minces comme deux traits dessinés d'un crayon très affûté. Affamé, risque le tout pour le tout et avale précipitamment. S'envole jusqu'au cerisier où il attend, farouche, la prochaine provende.

Un prunellier, les branches caparaçonnées de gel, s'est incliné jusqu'à terre. Dans la grange, je brise à coups de marteau la glace qui gaine et scelle les bûches. Songe, le boucher de Grouge-en-Marinier, parle de son village comme de lointains abysses : « Chez nous en bas il ne gèle pas. On est tout à fait au fond. »

Walter Passerin lance des rivières de diamants par-dessus le grillage de son poulailler devenu filigrane d'argent et éclate en sanglots.

Les fournisseurs passent en félicitant ou blâmant le temps, lui donnent même des notes : « On est à la lune tombante, ça vaut dix, les grands froids vont pas durer. » Ou : « Soleil, zéro. »

A l'école on nous lisait non sans sadisme l'histoire des trois enfants désobéissants ensevelis dans un linceul de neige. A moi la neige fait penser à du sucre plutôt qu'à un suaire. Les choux se présentent sur nappe damassée. Des plaques de gel semblables à des vitres dépolies brisées par une explosion se hérissent dans tous les sens. Les glaçons glissent sur la glace.

Entendant à la radio un poème (de Breton ? Eluard ?), j'avais compris « que neige entre mes bras ma bien-aimée » et fus déçue, à la lecture, par « n'ai-je ».

S s'installe devant le feu, dispose somptueusement sa queue autour d'elle comme une dame d'antan son boa. S'étire. Queue sur l'œil, devient pirate borgne. Ses sourcils longs comme des cils et ses moustaches ressemblent à des brindilles prises par le gel. Sur le cahier de brouillon de Wendy, je déchiffre à l'envers :

Julien
Je ne te connais pas mais je t'aime.
Julien
Je te connais et je t'aime.

Le compas à la main, elle chantonne :
— « Tantôt comme ci et tantôt comme ça
Capucine et réséda. »

En attendant ces fleurs estivales, nous avons devant la maison des groupes de perce-neige, créatures paradoxales comme les phases du sommeil où l'on rêve. Leur nom est une devise. Ne craignons pas de les comparer aux brise-glace. Elles s'ouvrent l'après-midi et on voit la fine bordure verte dentelée de leurs pétales intérieurs.

— Ce soir il faut que je rentre à l'heure, dit Wendy.

Quelle heure ? Bizarre de dire « à l'heure de notre mort » plutôt qu'« à l'instant ». Passer de vie à... à quoi au juste ? ne prend tout de même pas soixante minutes, le phénomène doit avoir lieu en un instant. Ne confondons pas autour et alentour, ni mort et agonie, celle-ci étant un combat, celle-là le contraire. Je vais m'informer des moyens de léguer à Wendy maisonnette et jardin sans qu'elle ait à payer de droits de succession. Vente fictive, peut-être ?

Les masses de neige qui tombent du toit, les branches de glace qui se détachent des arbres donnent par leur bruit sourd ou cliquetant une impression de présences. La terre ruisselle. La haie lâche des cerises de gel.

S fête l'approche du printemps en pissant dans les taupinières. Ce matin elle a mangé de la taupe. Ça ne passait pas. La dépouille mortelle gisait devant la porte. Ma fille se serait-elle instituée taupière ?

Le cantonnier annonce :

— Je vais mettre des pièges.

— Pour qui ?

— Pour ceux qui se feront prendre.

Un nuage d'étourneaux peuple le ciel d'un horizon à l'autre. Dans le pré Passerin, plusieurs brebis avec leurs petits, toutes et tous tête et jambes noires. Les agneaux, nés hier ou ce matin, broutent déjà, tètent toujours. Ivres de lait, fous d'herbe, vacillent comme les gens sur des planchers de foire roulant à l'envers.

Zigzaguent sans lâcher leur mère d'un pas. Dansent malgré eux. Lancent en même temps leurs quatre pattes aux quatre points cardinaux.

— C'est comme les poulains de trotteurs, dit M. Songe. A peine nés, ils trottent aussi bien que leurs parents.

Ses paroles se mêlent à celles de son transistor, incendies, championnats, bavures, soldes.

Les mères flairent l'anus de leurs enfants pour les reconnaître. Ils ont les oreilles en ailes de papillon. Leurs yeux cerclés de rose semblent maladifs.

Songe s'attendrit devant ses futures victimes, leurs envolées sur place. Leur fourrure qui ressemble à de la ratine taillée trop grand devient très belle au bout de quelques jours. On marie jumeau et jumelle pour qu'il y ait deux petits. S'il n'y en a qu'un, on n'est pas content. Ou s'il y a des retardataires ; tardillons et tardillonnes de mai ne valent rien.

Le troupeau du Joachim – dix têtes de pipes – s'est fait à partir d'une femelle qui en a eu deux. Mais certaines mères sont stériles.

Quand Joachim veut déplacer une brebis, il lui prend son rejeton, l'emporte dans ses bras et elle suit, n'importe où, angoissée.

Notre coloquinte a fleuri, de façon presque effrayante : une étoile jaune qui fane, remplacée par une autre étoile jaune, trois ou quatre fois. Elle a cheminé pendant près d'un mètre pour aboutir à un seul fruit. Les crocus Passerin éclosent dans un pneu. Les feuilles concaves des jonquilles retiennent des lacs de pluie. Quand je fais le tour du jardin, S à mes côtés feignant d'être là par hasard, je ne reviens jamais bredouille, rapportant une branche tombée, une plume, une pierre veinée, lisse d'un côté, rocailleuse de l'autre, bref quelque spécimen de l'intelligence qui ne se pense pas. S trône sur la grosse souche du fond, elle aime dominer.

Est-ce un outil ou un oiseau qu'on entend ? Sur le bord du chemin, les pâquerettes semblent des pétales envolés de l'aubépine de la haie. Ces haies qui devraient, par arrêté municipal, être taillées en gratte-ciel.

S et un matou d'alentour, hideusement banal, se regardent fixement, tout à fait immobiles, à distance très respectueuse l'un de l'autre, pendant très longtemps. Puis S fait quelques pas vers l'autre, ondule de la croupe, se roule par terre, s'offre sans ambiguïté. Alors le goujat s'enfuit, épouvanté par la jeune beauté qu'il contemplait.

Une scène analogue se produit avec plusieurs mâles des environs, le blanc aux yeux verts, le tigré, le gris. Ce n'est pas faute pour ma fille de déployer ses séductions. Elle fait plus que siffler comme les loutres amoureuses, elle hurle de désir. Est-ce d'avoir naguère parlé qui écarte les galants comme une tare ? Pas un chat ne veut de mon bijou. Pas étonnant qu'elle tombe malade, refuse de manger, reste prostrée sur le divan en gémissant.

Le vétérinaire est venu, a prescrit une demi-cuiller à café matin et soir de phytorénal, diurétique et cholagogue ; pour son inflammation oculaire (qui lui tient lieu de larmes, sans doute), gros comme un pois de néomycine-hydrocortisone matin et soir dans l'angle interne de chaque œil ; un comprimé matin et soir de curepar félin, qu'elle recrache malgré l'aide de Wendy qui, tout en l'adjurant d'être raisonnable, de se laisser soigner, essaie de lui maintenir la gueule fermée après que j'y ai enfoncé le médicament.

S continue à dépérir, la seule vue des aliments lui arrache des râles de colère. Wendy lui a apporté de la mousse aux fraises, un de ses mets préférés ; elle a détourné la tête avec dégoût. Elle perd sa fourrure par touffes, n'est plus que l'ombre de pas même elle-même.

Les yeux de Wendy sont pleins de larmes qui ont l'étrangeté de ne pas couler. J'ai demandé au médecin de venir, il a opposé une fin de non-recevoir, déclaré d'un ton sifflant qu'il n'était pas vétérinaire.

— Mais elle parlait, ai-je dit. Elle parle, ai-je rectifié, mensonge qui n'en était pas un, puisque le temps est un songe, ou une dimension de l'espace – en tout cas pas ce qu'il paraît être.

— Au revoir, madame.

Et il a raccroché.

Dans la nuit me suis plusieurs fois éveillée de douleur, jetée sans transition d'un sommeil indolore dans une souffrance aiguë. Mère Michel désespérée, je pleure tellement, à la dérobée, que mes yeux me gênent comme des cicatrices. S loin de moi, petite chiffe, en tapon sur un fauteuil.

Wendy est arrivée d'un air résolu :

— Je vais amener quelqu'un qui va la guérir.

— Qui ?

— Vous allez voir.

La fillette s'est adressée à notre malade qui entrouvrait un œil sans regard :

— Je vais aller chercher Mme Carmat, elle ne rate jamais son coup.

— Qui est Mme Carmat ?

— Elle ne demeure pas ici, elle reste à La Croix-Manin.

— La Croix-Manin ? Où est-ce ?

— C'est pas dans un endroit, mais je sais y aller.

— Est-ce que ce ne serait pas cette soi-disant exorciste qui vend des poupées gonflables et des statuettes d'envoûtement, oui, c'est ça, livrées par couples, Mme Passerin me l'a dit, avec leurs aiguilles ?

Wendy file sans répondre. S somnole, de temps en temps gémit sans s'éveiller. La pendule continue à faire ses tours de cochon. Je ne quitte pas Soizic des yeux, avec l'idée absurde que mon regard la retient à la vie, comme une amarre pour un esquif que la mer chercherait à entraîner. Aussi faux de dire des morts qu'ils reposent que si on prétendait des gens qui se reposent qu'ils sont morts.

En fin d'après-midi, une Innocenti verte stoppe devant la maison. Ma petite Espérance en sort avec une grosse femme à la crinière jaune soufre ; sur les épaules un châle noir brodé d'obscènes roses rouges, avec une frange qui lui bat la croupe ; au côté une sacoche comme en portaient les receveurs de trams. Elle se précipite sur S complètement amorphe, la palpe, la tâte, la tripote et déclare :

— On lui a jeté un sort, il faut la désenvoûter.

Contenant mon irritation – l'idée qu'une guérisseuse est venue la soigner peut réconforter mon enfant –, je demande comme si j'y croyais :

— Mais qui aurait pu ?

— Je ne nomme personne, c'est interdit.

— Je sais qui, dit Wendy.

Carmat tire de sa besace une image :

— C'est le bienheureux Martin de Porrès de Lima qui bénéficia des privilèges d'Adam avant la chute.

Et en frotte le ventre de la malade qui ne réagit pas. Les yeux fermés, marmotte : « Les Quatre Couronnés. Les Saints Sept Frères. Ursule et les Onze Mille. » Puis, comme si elle sortait d'une syncope et d'une voix de ventriloque :

— Vous lui ferez boire toutes les trois heures dans votre tasse de l'infusion de feuilles d'épilobe et manger bouillie la moelle des tiges. Vous lui attacherez au cou un collier de votre ceinture avec en scapulaire un mot écrit.

— Quel mot ?

— Un mot de trois lettres.

Brusquement, sur un tout autre ton :

— Cent cinquante francs.

Salope.

— En liquide, s'il vous plaît.

Tiens donc.

Elle enfouit mon Delacroix et mon Quentin de La Tour dans une bourse noire et profonde, s'installe confortablement au volant de son Innocenti. Housses de panthère synthétique. Je demande :

— Epilobe, où ?

Le mot résonne sinistrement comme « épilogue ».

D'un bond, Wendy me rejoint et dit :

— Je sais où, j'en apporterai.

La voiture verte disparaît. Wendy part en courant, une heure plus tard revient avec une brassée de fleurs roses. On infuse, déchiquette, écrase et cuit. Mon enfant serre les crocs pour ne pas boire ni manger, recrache le peu qu'on réussit à lui ingurgiter, se débat faiblement contre le collier de ruban que notre amie s'efforce de lui mettre, avec, dans une pochette, un bout de papier où l'adolescente a écrit, commençant par un M majuscule aux jambages bouclés : Moi. S'agit-il d'elle, de Soizic, de moi, de n'importe quel moi ? Ma fille chérie ressemble aux mulots qu'elle a mis à mal. N'a plus qu'un souffle d'existence. Wendy se dresse comme un coq :

— Je sais quoi.

Et se sauve. Quand elle reviendra avec quelque

remède de la dernière chance, S n'existera plus, je n'aurai plus d'enfant, plus d'animal, plus rien. Nous nous endormons, ma mourante et moi. Je rêve qu'elle est guérie, mais de santé si fragile qu'un rien peut la tuer. Mon cœur est déchiré entre la joie et l'inquiétude. Un coup à la porte m'éveille. Wendy est là, maintenant de force entre ses bras griffés un monstre furieux couleur de suie :

— Je l'ai eu ! dit-elle joyeusement. Il est sauvage. Minette, minette, je t'amène quelqu'un. T'as de la visite.

En voyant S, le matou s'immobilise, la contemple avec une fixité de mystique en face d'une apparition. La malade émet un son ambigu mais qui en tout cas n'est pas un gémissement. Le sauvage saute sur le divan, saute sur S. Il va l'achever. Dois-je intervenir, défendre ce pauvre corps ou risquer le tout pour le tout ? Wendy me fait un signe de tête rassurant, esquisse presque un sourire. L'inconnu prend la nuque de ma fille entre ses dents, elle disparaît sous lui. Pensée affreuse, cet amant me donne l'impression d'un nécrophile. Ma petite pousse un léger cri, le matou lui fait mal. Aussitôt il s'écarte, ce n'est pas un violeur, d'ailleurs les animaux le sont-ils jamais ?

Après cet assaut, ma prostrée n'est pas plus mal en point qu'avant, on dirait même qu'elle a un peu moins mauvaise allure. Lui, le fuligineux, se précipite à terre, sur l'écuelle, la pâtée refusée par sa conquête. Elle tend le cou vers lui, inquiète, et, joie, mange quelques bribes dans la main de Wendy.

— Comment as-tu fait pour attraper ce matou ?

— Je le connais, c'est un forestier, je lui ai couru après par les tortillères et puis dans le mort-bois. J'ai grimpé à son arbre, il a son arbre, un chancreux.

— Tu t'es donné beaucoup de mal.

— Il est à part, il est spécial, alors ça pouvait marcher avec Soizic. Les autres sont pas assez bien pour elle.

Nous avons une fée-enfant comme Babbitt, à cette différence près que la sienne était fantasmatique.

Repu, l'amant bondit à nouveau sur S et la couvre derechef. Amours de lions. Tous les quarts d'heure pendant trois jours. Le galant noirâtre a pris pension chez moi, se goberge et baise. Semble se considérer comme mon gendre. Disparaît mais réapparaît. Mon cœur déborde de reconnaissance pour ce marginal grâce à qui S reprend vie, comme une rose de Jéricho sous la pluie. Plus belle que jamais. Ingrate, elle arrache les aliments de la bouche de son partenaire qui, pourtant deux fois plus grand qu'elle, résiste à peine. Un matin, toutes griffes dehors, palpitante de haine, soufflant, grondant, elle le chasse.

— C'est qu'elle est pleine, dit Wendy.

Mission accomplie, le répudié s'en retourne à pas de loup par le chemin du Guet vers sa forêt.

Je ne peux croire que ma bambine soit enceinte. Pourtant elle devient de plus en plus sphérique, ne grimpe plus aux poutres de la grange ni aux arbres, mange comme quatre, prend des airs tour à tour majestueux et égarés. Mais elle parlait, elle est si particulière que seul un être hors du commun l'a désirée et elle porterait des petits comme n'importe quel mammifère ? Oui. Cette nuit, sur mon lit, apparemment au prix de vives difficultés et souffrances, elle a donné naissance à un animalcule blanchâtre, répugnant. S endormie, j'ai tiré sur le fragile cordon qui l'attachait à sa mère et l'ai plongé dans un seau d'eau, il ne voulait pas mourir, nageait au lieu de se noyer. Etouffé dans un journal, enfoncé dans la poubelle, ce forcené gémissait encore. Pauvre avorton.

Rendormie. Eveillée avec un petit soleil dans les bras de S, un miracle roux. Je descends du grenier un carton pour la mère et l'enfant, le tapisse d'un lainage.

A peine installée avec son nouveau-né (mâle puisque roux), S met au monde en un clin d'œil une chatonne (puisque tricolore), semblable à elle si ce n'est qu'au lieu d'une mouche au coin de la bouche, elle l'a sur le nez, noir comme un bonbon de réglisse. Appelés Zoom et Ruth, sans une seconde d'hésitation. Le premier en hommage au cinéma, la seconde au rut qui la conçut.

On dort, on dort, on dort, mère et rejetons réunis et séparés par le sommeil. On s'aime, on s'aime, on s'aime les yeux fermés. Ne savent pas qu'ils dorment. S'en doutent presque en sentant la douce chaleur d'autrui être la leur.

Eveillés, ne savent pas que le sommeil existe. S n'y

va pas de langue morte pour toiletter ses petits. Les lécher – têtes, ventres, dos, derrières, dessus, dessous –, paraît à ses yeux la panacée universelle. Les lécherait pendant un tremblement de terre.

Ils ressemblent à des lettrines, s'entrelacent comme un monogramme. S les mignote sauvagement, les tourneboulant pour mieux les lisser. Parfois on dirait des embryons. Oreilles si minuscules qu'elles sont à peine plus que des ouïes. Perdus en leur mère, forêt infinie, cherchent le graal, le tétin. Elle pousse la sainteté ou l'abjection jusqu'à manger les excréments de ses enfants.

Comme la maintint son amant, crocs refermés sur sa nuque, S transporte ses rejetons loin du confort, dans les lieux les plus secrets, sous la baignoire, sur un rayon de la penderie, d'où Zoom tombe sans s'en rendre compte. Continue sur le carrelage sommeil et rêves commencés parmi les draps. S'étire en écartant les doigts.

— Petits jésus, leur dit Wendy. Soizic, ils sont super, tes lardons.

L'intéressée glousse et gratifie chacun de ses babies d'un coup de langue prétentieux.

Ont maintenant les yeux ouverts, célestes chez Zoom, céladon chez Ruth. Font quelques pas, si l'on peut appeler ainsi ce glissement trébuchant. Se donnent des gifles de velours. S leur adresse des admonestations roucoulantes, la maternité lui a prêté des voix, des modulations nouvelles. C'est délicieux de se battre doucement. Il pousse sa sœur, elle repousse son frère, il mord sa sœur, elle griffe son frère, il met sa patte dans l'oreille de sa sœur, elle lance sa patte dans l'œil de son frère. S'accrochent aux jupes voltigeantes de leur mère, à sa traîne. Font des sauts de goujon. Ruth envoie rouler par terre, pivoter et glisser le crayon.

— Elle crayonne, dit Wendy.

Sont sur le pied de guerre : ont entendu un oiseau les appeler.

Zoom compulse mes fiches-recettes découpées dans le *Phare du Ponant* et que je ne ferai jamais, sauf si on ne sait quel personnage venait me voir : potage au xérès, poularde en sarcophage (correspondant sans doute à un désir inavoué de violer des sépultures), tarte à la manière des demoiselles Tatin, et même tarte Tatin.

Les barreaux des chaises deviennent barres fixes, le pied de la TV cheval d'arçon.

Accrochée à l'arbuste devant la fenêtre, Ruth joue à l'escarpolette sans le vouloir. Balancée par le vent, situation effrayante. Se demande comment elle se trouve là. N'avait pas voulu ça. Sa mère la regarde avec une certaine indifférence. L'enfant opte pour la plongée dans le vide, au-dessus du gouffre. S la lèche sévèrement, Ruth accepte cette punition-récompense.

Ma fille revient au milieu de la nuit avec un mulot mort qu'elle offre à ses rejetons. Zoom tire le cadavre par la queue. Le lendemain matin, plus trace de gibier. Ils commencent à goûter aux nourritures adultes, tout en continuant à pomper leur mère alanguie.

Tout à l'heure j'entendais Ruth boire dans l'écuelle et sa petite voix flûtée s'est mêlée au lapement :

— Lait de mère ou de vache, c'est pareil.

— Je ne trouve pas, répond Zoom.

— Je suis l'aînée, rétorque sa sœur en guise d'argument d'autorité.

— Non, tu suis l'aîné, déclare Zoom.

Dire que je suis très étonnée serait mentir. A chatte qui parla, chatons diserts.

Leur discussion n'a duré qu'un instant. Maintenant Ruth lèche les oreilles de son frère, ils se comportent l'un envers l'autre comme leur mère avec eux. On voit la langue de la petite derrière le pavillon translucide de Zoom.

Quant à moi, emplissant d'herbes coupées un sac de jute, j'ai l'impression de faire mes bagages, matelot avant l'embarquement. Tout devient maritime, la tombe de la mère H disparaît sous les hautes herbes, elle fait penser à une ville d'Ys en réduction.

Les Coron m'ont fait savoir par Mme Passerin, hésitant à transmettre le message, qu'ils refusaient pour leur fille ma maison et le jardin, à cause des taxes foncières, « quand j'aurai perdu le goût du pain », et parce que les biens des mineurs sont inaliénables. Wendy cherche à me réconforter :

— Je m'en fiche, moi, des choses, vous savez,

madame Bredaine. Et puis vous êtes quand même pas à l'article.

La légende veut qu'au lit de mort de Bouddha tous les animaux vinrent sauf le chat. Il est plus vraisemblable, vu le caractère si affectueux de ce dernier, qu'il s'était caché dans la robe du sage, sur son cœur.

Drolatique tradition qui représente la mort par un squelette, à peu près comme la publicité montre des cochons vantant la succulence de leurs entrailles et des moutons réclamant telle moutarde pour accommoder leur cadavre.

S'il me fallait personnifier notre métamorphose, ce serait sous les traits d'êtres presque humains comme Soizic et ses petits ou presque angéliques comme la fille adultérine des Coron.

Peut-être vivrai-je jusqu'à la majorité de cette adolescente. En tout cas elle veillera sur nos jeunes prodiges et leur mère, qui s'est mise à les haïr. Soufflant avec fureur et leur montrant les crocs s'ils s'approchent. Ils prennent le large sans paraître affectés. Parfois se souvient qu'elle les a aimés, commence à les lécher, s'interrompt pour leur décocher une gifle griffue. Apprentissage de la vie adulte.

Je peux toujours instituer mes légataires au cas où la Fanfare Regina Caeli Klaxon et les Enfants à la Neige. Mais d'abord allons butter les petits pois.

Dans la collection Les Cahiers Rouges

(dernières parutions)

Andreas-Salomé (Lou)	*Friedrich Nietzsche à travers ses œuvres*
Audiberti (Jacques)	*Les Enfants naturels* ■ *L'Opéra du monde*
Augiéras (François)	*L'Apprenti sorcier* ■ *Domme ou l'essai d'occupation* ■ *Un voyage au mont Athos* ■ *Le Voyage des morts*
Aymé (Marcel)	*Vogue la galère*
Barbey d'Aurevilly (Jules)	*Les Quarante médaillons de l'Académie*
Baudelaire (Charles)	*Lettres inédites aux siens*
Bayon	*Haut fonctionnaire*
Beck (Béatrix)	*L'enfant chat*
Becker (Jurek)	*Jakob le menteur*
Begley (Louis)	*Une éducation polonaise*
Benda (Julien)	*Tradition de l'existentialisme*
Berger (Yves)	*Le Sud*
Berl (Emmanuel)	*La France irréelle* ■ *Méditation sur un amour défunt*
Berl (Emmanuel), **Ormesson** (Jean d')	*Tant que vous penserez à moi*
Bernard (Tristan)	*Mots croisés*
Bibesco (Princesse)	*Le Confesseur et les poètes*
Bodard (Lucien)	*La Vallée des roses*
Bosquet (Alain)	*Une mère russe*
Brenner (Jacques)	*Les Petites filles de Courbelles*
Brincourt (André)	*La Parole dérobée*
Bukowski (Charles)	*Au sud de nulle part* ■ *Factotum* ■ *Souvenirs d'un pas grand-chose* ■ *Women*
Burgess (Anthony)	*Pianistes*
Butor (Michel)	*Le Génie du lieu*
Calet (Henri)	*Contre l'oubli* ■ *Le Croquant indiscret*
Capote (Truman)	*Prières exaucées*
Carossa (Hans)	*Journal de guerre*
Cendrars (Blaise)	*Hollywood, la mecque du cinéma*
Cézanne (Paul)	*Correspondance*
Chamson (André)	*Le Crime des justes*
Chardonne (Jacques)	*Ce que je voulais vous dire aujourd'hui* ■ *Propos comme ça*
Charles-Roux (Edmonde)	*Stèle pour un bâtard*
Chatwin (Bruce)	*Les Jumeaux de Black Hill* ■ *Utz* ■ *Le Vice-roi de Ouidah*
Chessex (Jacques)	*L'Ogre*
Clermont (Emile)	*Amour promis*
Cocteau (Jean)	*Essai de critique indirecte* ■ *La Machine infernale* ■ *Reines de la France*
Combescot (Pierre)	*Les Filles du Calvaire*
Curtis (Jean-Louis)	*La Chine m'inquiète*
Daudet (Léon)	*Souvenirs littéraires*

achevé d'imprimer et dépôt légal